Minenfelder unserer Träume

Prosa
Thomas Havlik

Umschlag und Illustrationen Gudrun Krebitz, Berlin
Fotografie Patrizia Wiesner, Wien
Layoutgestaltung TuKo – Design, Scheibbs
Herstellung Books on Demand GmbH, Hamburg

ISBN 3 – 8311 – 3891 - 5

Inhalt:

Minenfelder unserer Träume

Der Einheimische

Papierflieger

Art Noize

Ein Verbrechen

*Es ist ein seltsamer Mut
den du mir gibst, alter Stern:
Leuchtest allein bei Sonnenaufgang
zu dem du nichts beiträgst!*
- William Carlos Williams –

Ich bin in der Überzahl!
- Klaus Kinski -

Minenfelder unserer Träume

— Durch einen Riss in der Oberfläche der Wirklichkeit schielte ein Auge und beobachtete jeden meiner Schritte; ich fühlte die Energie, die mich umgab, und ich sah, wie sich mein Körper aus der Haut meines bisherigen Lebens schälte. Ich spürte es, die Elektrizität. Ich spekulierte darauf, noch bevor ich mich auf den Weg gemacht hatte, und ich war mir sicher, mich am richtigen Ort im richtigen Moment zu befinden. Ich habe *direkt* hineingeschaut ohne ein Schutzglas zu benützen, dieser unmenschlichengmaschige Filter: nicht ein kurzer Gedanke kann durch ihn durch dringen, dafür wird schon gesorgt, keine Angst keine Angst, aber, wie gesagt, ich habe mir diese Brille herunter gerissen, ohne geblendet zu werden. —

Ausgangspunkt waren ein paar Quadratmeter Bürgersteig in irgendeiner Stadt vor irgendeinem Imbissstand; und die Quelle, aus der meine Entscheidungskraft hervorgesprudelt war wie das Wasser aus einem Stausee, nachdem die Schleusen geöffnet worden sind, das war, wie ich herausfand, eine Gruppe abgewrackter poetischer Typen die zehn Stunden Autofahrt in Kauf nahmen, um ein einziges Konzert zu spielen, weil sie *alles probieren* wollten, wovon sie dachten, es brächte sie weiter.

Doch als es um die Entscheidung ging, ich war mit ihnen per Anhalter mitgefahren, begibst du dich jetzt auf die Heimreise, wieder-mit-zurück (und hast dich im Grunde gar nicht von der Stelle gerührt), oder machst du einfach weiter; einfach weiter ohne anzuhalten, bis du weißt, das du da bist, konnte ich nicht umhin, "Nein!" zu sagen; nicht zu ihnen, das nicht. Ein Nein allerdings zu all der Scheinheiligkeit, ein Nein zur Totenkopffahne, die in den ohnehin kraftlosen Böen der gängigen Wertmaßstäbe flattert, Nein zum Zwei-mal-zwei-ist-vier-und-nicht-drei-oder-Fünf Nein zum sogenannten Fehlerlosen; ich war *nicht imstande,*

11

zurück zukehren, „es" war an mir kleben geblieben; ich fühlte mich bereit, wie nach einer inneren Explosion, und streckte der Welt mein Kruzifix der Entschlossenheit entgegen.

Um das *ganze* Bild zu sehen, trat ich heraus, to be out, looking in, das Bild, von dem dir jeder erzählen will, es sei unüberschaubar, und alle Muskeln in mir zuckten um loszustürmen. — —

Wir verabschiedeten uns, als es an der Zeit war, mit knappen unbeholfenen Worten, und ich ging, ohne mich umzudrehen, ohne rückwärts zu denken und alles hinter mir lassend, was nicht zu mir gehörte, durch die Schiebetür des Bahnhofs hinein in die Halle auf den offenen Bahnsteig hinaus, wartete auf meine Zugverbindung.

Und ich war fast ein wenig überrascht, als ich feststellen musste, dass ich nicht alleine war: einer neben dem anderen vollzogen sie, mit in sich gekehrten Köpfen, stolze Paradeschritte des an ihre individuelle Person gebundenen Bestrebens nach Glück, das sie im Suchen fanden. Und sie suchten in ihren persönlichsten Verletzlichkeiten, ihren geheimsten Ängsten und Träumen und Visionen, sie suchten im Mann und in der Frau und dem Kind in sich, und dachten keine Sekunde daran, sich zu schämen oder zu "verraten"; ein jeder mit diesem seligen Abglanz der Erwartung in den Augen: geistesabwesende wartende Aasgeier, hinab zu stürzen auf die "richtige" auf "ihre" Welt im Ganz-und-gar-nicht-Blindflug, wenn es nur endlich losginge; innerhalb der gleichen Gefühlskatakomben, in denen Moses den Israeliten mitten durch das zweigeteilte blutschäumig aufgestachelte Meer voranging, weil er ihnen den wahnsinnigen Weg zeigen wollte, der zum Licht führt: zu beiden Seiten die Heerscharen der alles Leben zerfetzenden fahlen Totenkrieger, für die zwischenmenschliche Seidenfäden eine Aufforderung zum Mord sind; selbstgefällig aufgedunsene Götter schießen Dir bevormundende Donnerkeile in den Rücken und lösen Erdbeben und Sturmfluten und Katastrophen aus, die mit nichts etwas zu tun haben, woran Du glaubst, so das Dir nichts anderes übrig bleibt, als zu rennen, zu rennen, zu rennen; ab durch die Mitte, denn der waghalsigste ist zugleich der einzig denkbare Weg, ab durch die Mitte, das heißt, die Welt mit ihrem ungeheuerlichen Wundern und all den Grausamkeiten annehmen, das heißt: zwischen beiden das Gleichgewicht finden, um sie so zu Deiner Geliebten zu machen.

— "Ich heiß′ Tom, und Du?" —

— "Tabea.",

antwortete sie, diesen Namen hatte ich noch nie gehört, aber kein anderer wäre in Frage gekommen. Tabea, Tabea, Ta-be-a, und, als sich unsere Handflächen flüchtig aneinanderrieben, der kräftigste Händedruck kann derjenige sein, der am wenigsten Kraft aufbringt, setzte sie im Flüsterton hinzu: "Ja, Tabea." — — —

Dieses unheimlich-exakte Ineinanderpassen von rechts und links und weiß und schwarz und Ichmann und Dufrau, war für uns beide beeindruckend und beängstigend zugleich: viel zu irreal, als das wir es ganz durchschauen hätten können, aber derartig andersartig, das wir gar nicht daran dachten, etwas durchschauen zu wollen, was nicht verstanden werden muss, um es zu "verstehen".

Stell′ Dir vor, ein Mensch, dem Du bislang nicht begegnet bist, *hat es,* hat das Gesicht und hat das funkelige Leuchtekranz-Charisma, trägt den Blick.

Stell′ Dir vor, *Du hast es auch,* Ihr beide habt es, und "zufällig" trefft ihr euch.. *Einmal* nur Augenblinkern!

Ich meine: um weniger als fünfhunderttausend Schilling könntest Du in jedem zweiten Land-auf-der-anderen-Seite den ganzen Rest Deines dürftigen Lebens in geistigem und materiellem Überschwang verbringen, *egal*, wie alt Du bist, egal, woher Du kommst und egal auch *wer* Du bist; Du bräuchtest *keine Zeit verschwenden,* und Du weißt, das es möglich ist: Du kennst den verdammten Weg, aber Ichweißnichtwas hält Dich davon ab, ihn einzuschlagen. Und dieses Wissen vom Nicht-Wissen ist das, worum sich alles dreht, das ist es. —— —

Sie kauerte mit angewinkelten Beinen an ihren Rucksack gelehnt auf den Stufen zwischen Bahnhofshalle und Schienenstrang im guten Versteck ihrer Sonnenbrille, paffte Lucky-Strike; und obwohl sie nichts tat, was mich dazu veranlasst hätte, und obwohl ich nichts tat, was für sie ausschlaggebend gewesen wäre, war einer dem anderen aufgefallen. Die erste kurze Etappe verbrachte ich in einer Regionalbahn. Und sie nahm den gleichen unwahrscheinlichen Zug; aber wir trauten es uns noch nicht zu, uns nebeneinander zu setzen. Dann, als wir in der Stadt Halt machten, in der ich aussteigen musste, tat sie das selbe, und draußen sagten wir mit einem kurzen Blick zugleich Hallo und Ichwünschdirwas, weil wir nicht ahnen hatten können, dass wir beide weiterfuhren, aber.

Ich sprang auf, gleich in den erstbesten Wagon, der vor mir zu stehen kam, und hatte ihn fast durchwandert, weil mir keiner der freien Plätze im Hinblick der doch längeren Reise angenehm genug erschien, als wir uns zum zweiten Mal trafen; sie von der anderen Richtung her kommend. Unmittelbar wussten wir nicht damit umzugehen, doch wir grinsten und nickten und setzten uns gemeinsam in ein Abteil, zu einer Mutter mit ihrem lebhaften Kind, begannen, uns kennenzulernen, indem wir uns mit den beiden in ein bedeutungsloses Gespräch verstricken ließen, und hey, die Art, wie sie — — *ist?* — — — Nach weniger als einer halben Stunde waren wir endlich uns selbst überlassen, wodurch wir uns in einem einzigen Ruck entspannten:

— "Als ich in der Stadt an dir vorbei gegangen bin, ja?, Du mit den anderen, hast Du mich angeschaut wie einen Geist der, ja, aber richtig gesehen hast Du mich nicht, und," ich fall´ ihr ins Wort, wir verstehen uns:

— "Kann schon sein, aber, das bedeutet nichts, das alles bedeutet nichts," ich sag´: "wirklich nicht!", und meine: "Entschuldigung..." Ihre Augen glitzern:

— "Magst Du auch ´ne Lucky?", keine Frau, die ich kenne, raucht *diese* Marke; ich geb´ uns beiden Feuer.

Sie hatte sich auch eine genommen. — — —

Mehr und mehr verdeutlichte sich uns die schreckliche Notwendigkeit, die Zeit auszufüllen, wenngleich wir sie nicht mehr wahrzunehmen vermochten; etwas hinderte die Welt daran, sich zu drehen, und als sie wieder in Bewegung geriet, hatte sie sich verändert; wir beide, wie wir uns in diesem gewöhnlichen Eisenbahnabteil gegenüber sitzen, nichts als aufgezwängt empfinden und "keine Lust zu lesen haben", einer im anderen, wie wir uns in diesem Eisenbahnabteil gegenüber sitzen und aufgeregt beobachten, was ganz von selbst unserer Seele abblättert, als schüttelten wir gegenseitig unsere inneren Konversationsbäume und müssten die einzelnen Satzfrüchte nur noch vom Boden aufklauben; wir beide wie zwei Fremde, die in einer fast unanständigen Schnelligkeit solches unverfälschtes Zutrauen entwickeln, ein Wohlwollen- eine Vertrautheit aufbauen, das sie dazu gezwungen werden, um einigermaßen verarbeiten zu können, was passiert, dann und wann die Augen zu schließen: das Rattern,

wenn wir über Weichen fahren, treibt sich in unser Bewusstsein wie eine psychedelische Soundcollage-mischmasch-Mischmasch; wir fühlen uns wohl, wie wir sind. Allmählich werden wir überrascht durch plötzliches Aufwallen Unaussprechlichem, dessen zittriges Gefüge aus *nichts mehr* als zwei Hälften besteht. Wir sitzen uns gegenüber, betrachten uns; heimelig auf den Sitzbänken ausgestreckt befinden wir uns in diesem gewöhnlichen Zugabteil. Nur Bruchstücke der ältlichen, wenngleich drängenden Stimme des Fahrzeugführers gelangen aus der Umgebung, ein unterhalb der gläsernen Schiebetür angebrachter Lautsprecher, zu uns durch:
"Wir bitten sie, entschuldigen sie, aufgrund der Vorkommnisse; eine halbe Stunde cirka, ihr Verständnis; bitte, danke sehr."
Als spendierte man uns zusätzliche dreißig Minuten. Die Saugnapfarme der Zeit hatten sich wie das dunkle Auge des "Herrn der Ringe" ausgestreckt, finden und zerstören, waren aber beim Versuch, diese Ta-be-a und dieses Ich grobschlächtig auf den nackten Boden der Realität zu pressen, ins Leere getappt. Es war uns ermöglicht worden, noch etwas länger und weiter hinein ins Glücklich-Sein zu gehen; wir hatten mit dem *Gegenpol* Bekanntschaft gemacht. Als wir impulsiv aufgeatmet hatten, blinzelten wir in das Gesicht des jeweilig anderen; und sie sah mich mit ihren braunen Augen an, wie ich sie auch ansah: ein von allen Einwänden abgenabelter Hineinblick, getrübt zuweilen durch die Grauschlieren des Nicht-glauben-Könnens. Bald blieb die Zugmaschine in einem Tunnel stehen, und die Aufmerksamkeit des ganzen Planeten richtete sich nach Innen: ein winziges Eisenbahnabteil, sonst existiert *gar* nichts.

Wir liefen über die Minenfelder unserer Träume und kamen ungeschoren davon. — — — — — Tabea kramte geistesabwesend in ihrem Gepäck, trank dann aus einer durchsichtigen Plastikflasche; und noch während sie „es" sich *verinnerlichte*, als sie mir das Getränk herüberstreckte, begannen wir, unsichtbare Fäden zwischen uns hin und her zu spinnen. Wir gewöhnten uns an die plötzlich aufgetretene Nacht. Sanft in die Dunkelheit schmiegte sich das hämische Gespenst der Wand, und *hinter der Wand*, außerhalb der von Punkt A zu Punkt B verlegten Röhre, da blaufärbte der Himmel den Horizont, dessen waren wir uns sicher. — Die Ritzen und Spältchen, von denen die Mauer durchzogen war, marmorierten flimmernd ein Stern-gehäckeltes-Tuch; vor dem energisch Offenem trug die Nacht ansonsten *nichts*, und wenn wir wollten, konnten wir *alles* sehen. — Die rauschhafte Nähe zum Nachthimmelgewölbe: wir nutzten sie aus und ergänzten unsere eigenen Tierkreiszeichen. Eine unwillkürliche Fingerberührung brandete an die Wirklichkeit des Glücks, schwemmte sich in den Kern unseres Geheimsten.— — Die meisten Sterne hören auf, Sterne zu sein, noch bevor sie von jemandem gesehen worden sind, ja?, Du weißt schon, sie "*verglüh´n*", und niemand weiß, ob dieser und dieser und dieser Stern überhaupt noch, ja?, wer kann Dir also wirklich sagen, welchem Licht man folgen muss, um zu seinem Ursprung zu gelangen? — so unendlich viele Möglichkeiten, unvorstellbar viele Wahrscheinlichkeiten, — und dennoch: die Sterne verlieren tagtäglich an Helligkeit, und es kostet sie mehr und mehr an Kraft, um *überhaupt noch* zu strahlen, weil sich wieder einhunderttausend Menschenaugen mehr daran versuchen, sie aufzusaugen, die Sterne; für jeden ist der "eine" dabei, nicht wahr?, sie sind doch genau abgezählt wor-

17

den, oder etwa nicht?; — ich denke, zumindest *einer* gehört zu jedem, soviel ist sicher, aber nur die Wenigsten können sich entschließen, ja?, und *wer* folgt schon seinem Stern, wenn er nicht weiß, dass es der seine ist?; — die Sterne lösen die Sternentröstung ein und reifen Ratschläge heran, die Dich ans Ziel bringen, wenn Du sie lässt und daran glaubst, ja?, wenn Du den Mut dazu hast, — es sind Seelenverwandte, in deren Umarmung Du *tatsächlich* nach Hause kommst, und es sind dieselben, die Dich *loslassen*, — sie sind die Augen und das Gesicht und die Sehnsucht, ja?, der und die eine sind sie, und zugleich bist Du es; gelbe Sternblumen blühen über verborgenen Schätzen: es sind Wegweiser, Anfangs- und Endpunkte im Koordinatensystem der Weltordnung; die Sterne; — aber gleichwohl gib acht, dass Du dich nicht *allzu sehr* an sie klammerst, blindlings, ansonsten reißen sich die Sterne von selbst in Stücke, ja?, pass auf, bei jedem Schritt-den-du-Machst, ob Du dort, wohin Du gelangen willst, auch *wirklich* festen Boden unter den Füßen hast, denn leider sind auch viele Gefälschte, leere Hüllen unter ihnen; falsche, heimtückische Sterne, die Dich in unüberschaubare Labyrinthe führen, indem sie für Dich zu leuchten vorgeben, obwohl sie es gar nicht tun: es ist doch keiner Deiner Fixsterne darunter, ja?, — oder hast Du bis *jetzt* noch nicht bemerkt, dass sie da sind, wenn wir nach ihnen suchen, auch wenn es längstens Tag geworden ist?

Sie haben sich gewappnet und sind bereit, uns alle zu verzaubern; über der Landschaft hängen ihre dornig sternübersäten Himmelzungen. — — —

Solltest Du ohnehin schon einer sein, ein ruheloser sternstundenverrückter Dem-es-nicht-Genügt, dann bitte denk an Zeit für den Mond; so gut wie *jeder erste* Blick gilt dem Mond: aufwärts, *vorwärts*, nurzu vorwärts in die Weite, bis Du anstehst. Mondgliedmaßen stupsen Dich munter und Du kannst gar nicht anders, als zu ihm hochzusehen. Luna reißt dem Boden Deine Blicke weg, anzündelt *den* Anstoß, dich aufzubäumen. — — — Wilde Sternstundenverrückte lassen sich gehen in diesem magischen Sog; "Sternstundenvogeltanz" — — — — — — kannst du Dir *davon* ein Bild machen, ja?; ach, Du würdest gerne mehr darüber wissen? Du sternstundenverrückter Möchte-gern-Sternstundenbestücker! Du legst deine sternstaubschläfrige Hand an Deinen eigenen sternstundenentrückten Hals, ohne dass Du es merkst. Nun sag` doch: geht Dir die Luft aus? Ja? — — — — — — — — — — — — Hals über Kopf zugezogene Himmelbettvorhänge *können* die Nacht davor abhalten, über derart abgeschirmte Orte hereinzubrechen, das solltest Du nicht aus dem Gedächtnis verlieren: am weißesten sind traumgebilde Laken des Mondes und seiner Gestirne, aber Du bleibst ein unbedeutender Statist, solange es Dir ausreicht, mehr zu "wissen" als zu verstehen; Schauspieler in der alltäglichen Plastikweltinszenierung, Du genießt ihn, den Selbstbetrug? An *der* Rolle solltest Du arbeiten, die Dir am schwersten fällt! — — — Der Mond verschafft Dir den Zutritt und die Sterne laden Dich ein, aber in Bewegung versetzen kannst nur Du Dich selbst. War man erst einmal auf dem Mond, ist es nicht mehr *möglich,* sich mit der Erde zufrieden zu geben, stimmts?, es gibt dann keine Zukunft-Zurück, nur ein über dich hinaus. — — — Eine Entscheidung muss getroffen werden; — — — — — — — weiter!, — — — —immer weiter, oder alles ist umsonst gewesen. Und dann hättest Du genauso gut in Deiner zugedeckelten Welt bleiben können und Dein bequemes Schachtelleben in Blindheit zu Ende leben; ganz gemütlich; auf jeden Fall. Allerdings wird das Unsichtbare sichtbar, sobald man es gesehen hat, und das bleibt es auch, nicht wahr?, man kann es nicht einfach wieder abschalten wie ein Fernsehgerät. Du kannst Dich vor Deinen eigenen Gedanken nicht verstecken, ja; Mann-im-Mond, das, was Du gar nicht sehen wolltest, wird Dich für immer im Auge behalten. — — —

— Im Filmvorführraum knistert es: die erste Rolle ist abgespult und der Projektor wirft plötzlich kein Bild mehr an die Wand. Aber es breitet sich keine Panik aus. Wir stecken auch nicht fest oder wissen nicht mehr weiter. Die Eisenbahn scheint repariert zu sein, langsam schiebt sie sich vorwärts, *darauf* haben wir sowieso keinen Einfluss, und alles, was wir tun könnten, ist auszusteigen. Nichts leuchtet uns mehr ein. Jedoch werden wir von eingebildet-unbezwingbarer Furcht dominiert: die Angst vor Verletzungen hält uns davon ab, aus dem fahrenden Zug zu springen.

Tabea darf ihre Haltestelle nicht verpassen. — — — — —

Ich darf meine Haltestelle nicht übersehen: wir entschieden, zuerst anzukommen, um erst *danach* unsere Wege zu kreuzen. Und je naher wir dem Licht am Ende des Tunnels rückten, desto weiter flüchteten wir uns in den Wirklichkeitssinn; die verfluchte Vernunft! Hast Du bemerkt, wohin sie uns gebracht hat?

Ich will lieber verrückt sein,

als ein zweites Mal in meinem Leben vernünftig, und mit vernünftigen Menschen kann ich sowieso nichts anfangen. — — — — — — Wie als äußeres Anzeichen der inneren Unruhe kollerte Lucky-Strike auf den Boden, und Tabea grimassierte anteilnehmend: psssssssst....

alles ist gut.

Ich bin *jetzt* bei dir — — — — — — — Ich möchte.

— Unbewusst hatten wir dieselbe Körperhaltung eingenommen: die Beine, barfüßig, auf der abgewetzten Polsterbank im Schneidersitz. Schließlich, als wir einander umhalsten, erzeugten wir Hitze, die von den Fingerkuppen hinauf zu den Schultern und vom Nacken hinunter in den Bauch durch die Leibesmitte zu den Fußspitzen hinströmte, unschuldige Gemütsbewegungen hüllten uns in das großartigste Wattebauschgefühl, gebengebengeben und bekommen, bekommen, zu-rück-be-kommen: wir atmeten, als lägen wir nackt und aufgeregt ineinandergerollt zu einem großen Fragezeichen am Satzende unserer Zeit. Wir stürzten ins Tageslicht und wurden geblendet. Und geradeso, als ob wir *dadurch* den Zug aufhielten, schlossen wir die Augen.

Der Gedanke an den rhythmischen Wechsel von Neumond und Vollmond erinnerte uns daran, dass Beständigkeit und kurzfristiger Wechsel *nebeneinander* bestehen, und wir versuchten uns an diese Erkenntnis zu klammern wie an die einzige Schwimmweste auf einem kleinen sinkenden Kahn. — — — — — — — — — — Wir hielten uns fest, solange wir konnten. Zuckten zögernd Stirn an Stirn und konzentrierten uns, keine Tränen loszulösen. Nichtsdestotrotz spürten wir unterschwellig abscheulichen Argwohn gegenüber unserem Selbstvertrauen-an-die-Zukunft, und wir schmiedeten verzweifelte hoffnungslose Pläne, um wenigstens für den Moment den Glauben am Leben zu erhalten, wir flüsterten herzklopferisch und beschwichtigten, so gut es ging: vielleicht sollten wir uns zufrieden geben mit anderen Maßstäben und erreichbareren Zielen.

Auf dem Mond kannst Du *jedwede* Schönheit finden, die aus Dir herauskommt. Er ist das übersteigert geschwungene Zepter der Nacht und wahrscheinlich *der* attraktivste Raum im Weltgebäude, seine Wände erdrücken Dich nicht, wenn Du Dich ihnen näherst, und Du kannst sie

ohne weiteres verschieben, wieweit und wohin Du auch willst, weißt Du?, in der Mondwelt sind nur Deine *eigenen Grenzen* gültig, sonst keine. Niemand bedrängt Dich mit grausamen Grau, denn dort bist Du nichts, außer Dir selber. — — Sobald Du in den Bannkreis der Mondwelt eintrittst, entfernt sich Dein Wahrnehmungsempfinden vom Herkömmlichen weg, hin zu einem faszinierenden Gleichklang der Möglichkeiten. — — — — — — — — — — —
Andererseits sind wir nur dann jederzeit eingeladen, durch den „Zugang" zu gehen, der aufgrund gewaltiger Energieentwicklung beim Einschwenken in diese Atmosphäre entsteht, wenn wir bereit sind, die aufgenommenen positiven Einflüsse auch *auszuüben.*
Das Leben auf dem Mond ist genau so, wie Du 's Dir ausmalst. — — Hmmmm, vielleicht ist das gesamte Traumland von Nordlichterscheinungen umgeben, und den Luftozean durchstriemen ständig Regenbögen, aber den wesentlichen Unterschied zwischen der Wetterküche der Erde und der des Mondes kannst Du Dir ja sicherlich denken: für ersteres ist die Sonneneinstrahlung verantwortlich, also eine für den Menschen unkontrollierbare Macht, während letzteres *ausschließlich* gespeist wird durch die Vorstellungskraft seiner Bewohner, verstehst Du?
Komm schon,
welche Ausstrahlung hat er für *Dich?* — —
Du findest ihn reflektierend und meditativ, rätselhaft? Nun, es ist ja auf jeden Fall richtig. Hast Du nicht selber, seitdem Du ein Kind warst, Deinen ganz persönlichen Funkelstern, auf den Du Dich zurückziehen kannst, wann immer Du möchtest? Oder musst Du am Ende erschrocken feststellen, dass Du den "Begriff" Funkelstern längst ersetzt vorfindest durch das Wort Planet?
Ach, wären wir in der Mondwelt, Tabea, ich würde Dich

an der Hand nehmen und gemeinsam liefen wir über Wiesen und gefährliche Pfade hinauf in die Berge....

Psst! Tabea? Was bedeutet das? Der Zug hat angehalten, ohne dass wir es gemerkt haben. Unsere Stille wird von jähem Lärm auseinander gehackt. Ein seltsam grinsender Mann huscht am Fenster vorbei und steigt in den Waggon. Er kommt jetzt den schmalen Gang entlang, geht an den Zugabteilen vorbei und bleibt tatsächlich vor gerade *unserem* stehen, Tabea? *Was bedeutet das?*

Warum erklären wir ihm nicht, dass wir alleine sein wollen? — — Die ruppigen Knarrgeräusche, als er die Schiebetür aufdrückt, sind wie Vorboten-überschattende-Wolken. Der Fremde bemerkte natürlich, das er halb zerstreut, halb inquisitorisch gemustert wurde, und quittierte mich mit einem kriegerischen, fast herausfordernden Blick. Und zwar so gerade ins Auge hinein, so offenkundig gewillt, ohne jede Rücksicht die Situation zuzuspitzen und ins Äußerste zu treiben, dass als *einziges Mittel,* um aus dieser Verlegenheit wieder hinauszufinden, ausgelöst durch sein überfallsartiges Eindringen in die Mondwelt, uns nichts anderes übrig blieb, als uns erschüttert von einander abzuwenden. Mit einem Schlag hatte er den Panzer der Verzauberung durchstoßen. Ich fühlte mich entgeistert.

Überdies wühlten in meinem Bewusstsein die stumpfen Zeiger der Uhr: Wie spät ist es schon, Tabea? Wenn wir vergänglich sind, Tabea, sagst Du es mir dann? — — — —
— Bitte sag' es mir, denn um herauszufinden, ob wir vergänglich sind, müsste ich doch sterben, — oder? Ein Bild hat sich in meine Netzhaut eingebrannt: ihr beide in diesem gewöhnlichen Eisenbahnabteil, wie ich euch gegenübersitzend versuche, eurer Unterhaltung zu folgen. Ihr seht aus, als würdet ihr durchfahren bis zur Endstation,

meint er lakonisch, — — — — — — — — — *ich* werde bis zur Endstation fahren, und ihr? In der gleichen knappen aber ehrlichen Art und Weise verneinte Tabea, bedauerte nachdrücklich und gebot auch ihm dadurch zu verstehen, dass zuerst die Fesseln ihres Lebens gelöst werden müssten, bevor sie sich anstrengte, vom Fleck zu kommen. — Reißt die Verbindung etwa *in jedem Fall* ab, sobald wir aus dem Tunnel sind? — — — — — — — — — Der Mann setzte sich wie völlig selbstverständlich neben sie hin und begann zu allem Überfluss auch noch selbstversessen zu schwatzen. Wenigstens hatte sein leeres Gerede etwas Betäubendes und Ablenkendes an sich, *dafür* waren wir ihm dankbar, aber irgendwann bündelten sich seine Gedanken auf den für ihn logischsten Punkt aller Schlussfolgerungen: Warum machen wir nicht gemeinsame Sache, Tom, Du und ich, fahren *wir* doch zusammen weiter; — — und ich erwiderte erschreckend schnell, es war einfach die Reaktion aus dem ersten Bauchgefühl heraus, — — natürlich,— — — — — — — — — — — — — — — — — — — wieso auch nicht? Oder soll es, Tabea, *jedes Mal* eine Finsternis geben, wenn der Mond und die Sonne sich treffen? Tabea? —

Der Haifisch in meinem Kopf. Über den durch Anziehungs-
kräfte periodisch ab- und ansteigenden Meeresspiegel
ragt seine Rückenflosse hinaus. Keinesfalls überrascht ihn
die Flut, und noch weniger ist dazu die Ebbe in der Lage.
Er selbst ist die Brandung des Gezeitenwechsels. Jede
einzelne Strömung bringt er ins rollen, genauso wie sich
der kleinste Wellenschlag auf sein Gesicht einzeichnet. —
— Und der größte Teil von ihm ist sich dessen auch noch
bewusst! — — — Er weiß genau, dass in ihm Kiemen sind,
um zu atmen, und dass er keine Lungen benötigt, um sein
Leben zu leben. Er ist ein Kiemenatmer. Strandete er auf
der Sandbank des Alltags,
er müsste ersticken. — — — — Das Zu-Tode-Verkümmern
des Festgefahrenen, der es nicht in sein natürliches Gewässer schafft, weil ihm sein eigener Körper in fremder
Umgebung unversehens zu schwer geworden ist. — — —
Vermutlich hat man aber auch Dir schon längst eine Ge-
hirnwäsche verpasst, wenn Du glaubst, es verhält sich
wie Du denkst, nur weil es anders für Dich nicht vorstell-
bar ist.
Dann bist Du abgeschnitten von der *anderen Wahrheit*,
kapiert? Zwischen richtig und falsch verläuft keine Gren-
ze, nur der Glaube unterscheidet. — Ha! — — Ich kann
diese Begriffsstutzigen und ihr törichtes Bemühen, die
Haut des Kiemenatmers künstlich vor dem Austrocknen zu
bewahren, regelrecht vor mir sehen: wie sie ihrem eigenen
Wahnwitz auf den Leim gehen und nicht begreifen, das
der Haifisch ohne seiner notwendigen *Bedingungen* gar
keine Chance hat zu überleben. Und wie soll denn einer
alleine stark genug sein, um den Gestrandeten innerhalb
der kurzen zur Verfügung stehenden Zeit auch nur zenti-
meterweit zu bewegen?
Bestimmt hätten die Glasscherbensteine des alltäglichen

Einerleis genau jene Ecken und Kanten geglättet, die den Haifisch von Grund auf charakterisieren, noch lange bevor jemand davon Wind bekäme, klar? Die mich am meisten ängstigende Vorstellung ist nun mal die der Hilflosigkeit, dem Nährboden, auf dem der Verdacht wächst, sogenannte „Zeichen&Bilder" nicht deuten zu können. Immer vorausgesetzt, Du bist überhaupt in der Lage, sie als solche zu erkennen. Natürlich, die Augen.

Letztlich hängt doch wieder alles von den Augen ab, und Du kannst sie getrost aufmachen. Deine ganze Welt, Deine Geschichte, die Dich in sie versetzt hat, all´ Dein Erlebtes, alles, aber auch wirklich alles hängt untrennbar zusammen wie die Knochen und Sehnen in Deinem eigenen Körper. Und dann diese unergründbaren Wunder, die geschehen: vielleicht sind sie ja das einzige, was Du sang- und klanglos akzeptieren solltest auf Deinem Weg. Muss nicht jeder auf *seine Art* damit klarkommen, dass er die Welt auf seinen Füßen trägt?

— Schön ist das, wenn Zufälle in den gefrorenen Momenten zum Schicksal werden, raunte es von irgendwo her. —
— — — — — Eine unreale Stimmung herrschte, und es war mir, als hätte ich die Hauptrolle angenommen, ohne vorher das Drehbuch zu meinem eigenen Film zu lesen. Die Vorstellung der dramaturgischen Kniffe des Lebens schauerte meinen Nacken hinunter. Ich fühlte mich umnebelt wie von einer Droge und hatte das Gefühl, bis zum Hals in einem verdammten Film zu stecken. Dabei sind unsre Pupillen doch nur so groß, weil sie die Welt verschlingen wollen!
— Ja, und das Schicksal klingelingelt durch dich durch, oder etwa nicht? Die ganze Story ist nichts weiter als eine

Traumbildchen- um Traumbildchenabfolge, und ist es doch nicht. An dem Punkt, an dem Dir nichts anderes übrigbleibt, als das Unglaubliche als glaubhaft zu akzeptieren, wachst Du auf und alles ist entschleiert, weil es so wirklich ist. Ja, es ist alles so wirklich.

Tabea schaute fragend ins Leere, ihre braunwässrigen Augen flackernd als hafteten sie an in ihrem Inneren vorbeirasenden Bildern, lauter verschiedene, die ausgeströmt waren aus der Gegenwart wie ein riesiger Bienenschwarm hin zur Vorstellung der möglichen Blütenstände künftiger Tage; in ihrem Gesicht ein Ausdruck des Lächelns, obwohl sie gar nicht lachte, merklich verunsichert, jedoch voller großherzigem Willen zur Machbarkeit einer gemeinsamen Zukunft: ihr Mut und ihre Bereitschaft dazu, wenigstens das Gefühl aufrecht zu erhalten, dass alles in Ordnung ist, während die Welt einstürzt, machte Tabea umso liebenswerter, je mehr ich selbst unfreiwillig erfasst wurde von der Angst vor dem Bewusstsein unserer ablaufenden Zeit, die wir allem Anschein nach bis zuletzt nicht als ein Dahingleiten von Augenblick zu Augenblick erleben würden, sondern vielmehr als ein Hineinstürzen oder Hineingestoßenwerden von einer rätselhaften Situation zur nächsten. Als ich die entgegengestreckte Hand des Fremden ergriff, kam ich mir vor wie ein Verräter. Aber noch viel schlimmer war die damit einhergehende klare Empfindung, dass sich das nicht mehr rückgängig machen ließ.
— "River. Mein Name ist River. Freut mich sehr, Tom, freut mich wirklich sehr! Wir sind jetzt also sowas wie Verbündete, hab ich Recht?" Ich zwang mich so verschmitzt zu grinsen, wie ich konnte, und erwiderte großspurig:

— „Stimmt genau. Du und ich und die Endstation. Das – ist – es."

Ja doch, ja! — — — — — — — — — — — — — River, von für seine Herkunft, offensichtlich irgendwo aus dem asiatischen Raum, typisch kleinwüchsiger Statur, wirkte zwar körperlich schmächtig und abgemagert wie ein Bettler, seine Unterschenkel hätte man bei den Knöcheln mit einer Hand umfassen können und die Haut war straff gezogen über sichtbare Rippen - zigarrettenfilterbraun - wie man Leder auf ein Gestell zum Lufttrocknen spannt, aber wenn man genau hinsah, lange genug, bis man durch ihn durch zu sehen schien, bekam man den Eindruck, die eingefallenen Wangen und schlaffen Hautlappen, die seinen breiten Mund einrahmten wie ein Bild, dass da sehr viel mehr noch dahinter stecken musste, so als hätte eine Art Rückzug des Fleisches zugunsten einer geistigen Entwicklung stattgefunden. Er hatte schwarze kinnlange Haare, die strähnig fett glänzten, trug ein weißes T-Shirt sowie eine dunkelblaue zu kurz geratene Baumwollhose, die bloßen Füße steckten in Zehensandalen. Sein Kopf zuckte fortlaufend, vor allem am Anfang, als besäße er ein Eigenleben. Alles an ihm war sonderbar. — — — Wie er so dasaß, selbstzufrieden schmatzend, als hätte er gerade einen wichtigen Geschäftsabschluss getätigt! — Hatte man mit River nur flüchtig zu tun oder lernte man ihn, gleich Tabea und mir, gerade erst kennen, fiel es einem gewiss nicht schwer, etwas an seinem eigenwilligen Erscheinungsbild zu finden, dass ihn zu einem von der Sorte Menschen erklärte, die einen vollständig aus der Fassung bringen können alleine durch ihre aufdringliche Präsenz. So wie jemand, der die Aufmerksamkeit einer gesamten Partygesellschaft auf sich lenkt, bloß weil er den Raum betritt. Mir stieß ganz schnell die Ahnung hoch, bei einem wie ihm, da reichte schon ein Gedanke, um sich zwischen uns zu stellen, als wären die Gefühle, Tabea, die wir für einander entwickelt hatten, wie ein hin und hergeschossener Ball, der in einem Moment der Unachtsamkeit über die Mauer hinweg auf das Grundstück unseres Nachbarn fiel. Natürlich hätten wir ihn auch ganz einfach hinausschmeißen können, aber wir habens nicht nur nicht getan, stimmts, Tabea, nein, ganz im Gegenteil, wir provozierten regelrecht den weiteren immer schneller werdenden Verlauf der Geschichte, indem wir River die Beachtung schenkten, die wir uns scheinbar beide außerstande gesehen haben ihm verwehren zu können. Etwas musste geschehen. Und das jetzt, sofort, noch bevor er seinen nächsten Wortkübel über uns ausgoss!

Wenn River einmal zu reden begonnen hatte, dessen war ich mir irgendwie sicher, lief man Gefahr, aufgrund der sich immer stärker entfaltenden Kraft seiner Sprache, sich bereits nach wenigen Sätzen nicht mehr zu trauen dazwischenzureden, um ihn zu bremsen. Dementsprechend würde man sich auf endlose Monologe gefasst machen müssen, und dabei ratterte der Zug weiterhin mit hohem Tempo, seine Vorwärtsbewegung auf den Schienen nichts anderes als ein abscheulich konkretes Aufspulen der Sekunden und Minuten!

— "Eisenbahnwagonabteile sind ein guter Ort, Bekanntschaften zu machen.", setzte er an, und seine Augenlider flatterten aufgeregt wie durch Anschlagen in Schwingung versetzte Saiten auf einem Instrument. Mich befiel eine gespenstisch plötzliche Unruhe, gegen die ich weder etwas unternehmen, noch dass ich sie mir hätte erklären können. Etwas kämpfte sich in mir hoch und würde bald zum Ausbruch kommen, soviel stand fest.

— "Wenn die Schiebetür mal zu ist und man sich hinsetzt,"

fuhr er fort, "dann wirft man fast notgedrungen zumindest einen Blick auf sein Gegenüber, also auf einander, und von da ist es dann nicht mehr weit zu einem hingesagten "Hallo!" und darauf wiederum kann schnell ein Gespräch folgen, das immer intensiver wird, bis man denkt sich schon ewig zu kennen. Und das bilde ich mir doch hoffentlich nicht bloß ein, oder?, nun, ich meine, ich hab zwar keine Ahnung, was für ein Zusammenwirken von welchen Kräften diesbezüglich mitspielt, aber ich muss schon sagen, hier, in diesem Raum, kann man geradezu fühlen, mit dem Herzen, nicht mit dem Kopf, versteht sich, was für ein Glück uns gerade zuteil wird!" — — — — — — — — — —

Tabea! Hätte das, oder ähnliches, nicht aus meinem Munde kommen sollen? Ich bin eifersüchtig geworden, ganz unumwunden: ei-fer-süch-tig, gelb vor Neid, das ist es, ich habs! Das ist die Erklärung: Es hat mir einfach wehgetan, Dir dabei zuzusehen, wie Du Dich mit einem Fremden in eine Unterhaltung vertiefst, nur, wie ich den Eindruck nicht loswurde, weil Du für mich, das heißt: für uns! nicht die sogenannten richtigen Worte zu finden verstandest! Herrgott, spürtest Du nicht auch, wie unsere Welt vereinnahmt wurde von diesem Dieb, der gerade dabei war, uns die ohnehin kurze, letzte gemeinsame Zeit zu stehlen, und das, so ganz ohne Gegenwehr?

Genau, wie ich befürchtet hatte. Und Du, Du hast ihm geantwortet, ohne dass er Dich angesprochen hätte:

— "Ja, wenn man sich darauf einlässt, klar, und gut! und schön! Aber was ist, wenn man es zu dem Zeitpunkt gar nicht möchte, weil einem, sagen wir mal, vielleicht einfach die Kraft oder der Nerv dazu fehlt, *offen genug* zu sein, für das, was alles möglich sein *könnte*, verstehst Du? Ich will lieber nicht wissen, was man sich tagtäglich dabei entgehen lässt, aber..."

— "Wenn man *was* nicht will, Tabea?", unterbrach dich River, und du sagtest: — "Ich meine, - das Gespräch."
Das war der Punkt, an dem ich auf einmal in Fahrt geriet, ob ich es wollte oder nicht. Ich fixierte dich und legte mich ins Zeug, als hätte man mich herausgefordert, ohne großartig darüber nachzudenken, was ich eigentlich sagte, hatte ich zwar das Gefühl etwas übersteigert zu klingen, aber es war mir egal, und ich war umso überraschter ob der Wirkung, die ich hervorrief:
— „Nun Tabea, ich glaube ich weiß, was du damit sagen willst, aber gleichzeitig gestehe ich, ehrlicherweise, dass ich persönlich daran keinen Gedanken verschwende, denn ist es nicht nun einmal so, dass manche Menschen die Fähigkeit besitzen, etwas aus dir herauszuholen, von dem du gar nicht gewusst hast, das es in dir steckt, vermutlich sogar das Beste? Sie bewerkstelligen dies durch ihre bloße Anwesenheit, aufgrund ihrer ganz speziellen Art *da-zu-sein*, füllen sie den Raum zwischen dem, der du bist, und dem, der du gerne sein würdest. Ihre lachenden Augen formulieren deine eigene unausgesprochene Sehnsucht. Was man sich am meisten wünscht, das, was man braucht, damit das Leben wieder in Ordnung ist, das alles kann man sehen, wenn man es nur sehen will, ihr wisst schon, ich rede von den zwei Hälften, ich rede davon, dass manche Menschen die Welt verändern, einfach, indem sie bei dir sind! Das mag einem vielleicht ein wenig unheimlich erscheinen, weil es so ganz und gar nicht alltäglich ist, aber, und das beschäftigt mich wirklich!, wenn es einem schon passiert, das man in der menschlichen Ödnis auf einen richtigen Charakter trifft, wie wäre einem denn dann überhaupt noch zu helfen, würde man sich dagegen versperren?"

31

Schlagartig türmte sich eine Schweige-Mauer genau zwischen uns auf. Unerklärlicherweise kam auch von River nichts als ein bloßes in sich gekehrtes Nicken. Tabea biss und saugte an ihrer Unterlippe, griff geistesabwesend nach dem Feuerzeug, das auf dem ausklappbaren Tischchen auf meiner Seite lag. Für eine Sekunde schien sie in ihrer Bewegung zu verharren, wie in Zeitlupe, was auf mich wie eine Aufforderung wirkte, sie doch einfach zu packen und nie mehr loszulassen, ehe sie sich eine Zigarette anzündete und den ersten Schwall Rauch nicht wie gewöhnlich kräftig aus sich hinauspustete, sondern ganz langsam entweichen ließ, worin ein großer Unterschied besteht: das bemerkte ich natürlich sofort. Die Luft stand unter elektrischer Spannung wie durch ein Aufeinandertreffen von menschlichen Drähten und ich fragte mich schon, ob ich vielleicht einen Kurz-trug-Schluss begangen hatte?, doch dann nahm Tabea den Gesprächsfaden wieder auf, in einer veränderten Tonlage, die gekünstelt und gleichzeitig sehr angespannt wirkte. Immer wieder stockte sie zwischen den Sätzen, als hätte sie auf einmal Angst, man könnte sie missverstehen.

— "Am liebsten würde ich wirklich auf der Stelle mitfahren, das kannst du mir glauben, einfach so einfach nicht aussteigen, na klar... Weißt du, es kribbelt, und ich kann kratzen, so fest ich will, ja wundkratzen kann ich mich, aber es hört nicht auf zu kribbeln, und mit Sicherheit wird es das auch nicht so schnell wieder... Das ist es vielleicht, weshalb sich in mir etwas sträubt, dass eine solche Begegnung gleichzeitig auch sein kann wie eine versehentliche Berührung mit einer gefährlichen ätzenden Säure, die sich in einen hineinfrisst bis ins Herz und sich von dort ausbreitet, bis... bis man sich selber nicht mehr kennt!"
Ich glaubte ihr ansehen zu können, wie sie sich, während

sie sprach, mehr und mehr hatte überwinden müssen. Ihre Stimme war dünn und brüchig geworden, und dann war sie versiegt. Was hätte ich tun sollen? Ich fühlte mich ergriffen und irgendwie schuldig, konnte mein Was-ist-eigentlich-los-Gesicht beim besten Willen nicht verstecken, hinter was für einer Maske auch immer, und so tippte ich wie betäubt mit einer Zeigefingerkuppe auf die Schachtel Lucky-Strike und konnte Tabea dabei nicht einmal ansehen.

— "Da brauchst Du gar nicht zu fragen.", hörte ich von weit her, und River machte einen laut vernehmlichen Atemzug, traf aber keinerlei Anstalt, die zur Entkrampfung der Situation beigetragen hätte. Jetzt fühlte ich mich auch noch auf absurde Weise verantwortlich für die niedergedrückte Stimmung, und, Tabea, wären wir alleine gewesen, ich hätte vermutlich einfach losgeheult, aber so sann ich verzweifelt und zwanghaft nach und brachte dennoch keinen Ton heraus. Ich spielte mit der Zigarette in meiner Hand herum wie ein Idiot, ohne sie anzuzünden. Schließlich kam mir, wie hätte es anders sein können, auch noch das bestürzende Knacken des Lautsprechers zuvor. Als die dummklingende Stimme verkündete: in wenigen Minuten ist es soweit, hörte es sich an wie ein Urteilsspruch, obwohl ich doch nichts anderes wollte, als dass, wenn es schon dem Ende zuging, wir wenigstens dabei das Gefühl hätten, es handelte sich um einen Anfang. Tatsächlich packte Tabea ihre Sachen und meinte ruhiger und gefasster, als ich es für möglich hielt:

— "Hier, die restlichen Luckys und die Wasserflasche, am besten, ich lass sie euch hier, immerhin habt ihr ja noch nen langen Weg vor euch, stimmts?"

Sie riss eine unbeschriebene Seite aus einem gebundenen Schreibblock heraus, den sie gemeinsam mit einem Stift aus ihrem Rucksack fischte, und krakelte hastig ihre Telefonnummer und ihre Adresse hinauf. Dann faltete sie das Papier, bis es so klein war, das es in das Zigarettenpäckchen passte. Ich fragte mich nicht einmal, warum sie mir diesen Zettel nicht persönlich gab, denn schon im nächsten Moment hielt sie mir das Notizbuch samt Schreibgerät auffordernd entgegen, und ich spürte, schon während ich danach griff, große Lust darin herumzustöbern. Aber es ging alles so schnell, dass mir sowieso kein Blick auf die vorangegangenen Eintragungen möglich gewesen wäre, auch wenn ich es unbedingt gewollt hätte. Die beiden aufgeschlagenen Blätter waren leer, und ich drückte hart auf, als ich ihr meine Festanschrift aufschrieb, von der ich freilich genau wusste, das man mich dort noch lange nicht erreichen würde können. Meinen Telefonanschluß hatte ich abgemeldet, also war er eigentlich genauso hinfällig, aber das war unwesentlich, denn galt es jetzt nicht vor allem, eine gute Miene für die letzten Kopffotos zu machen?

Tabea nahm den Block wieder an sich und reichte ihn an River weiter, der sich eilig darin vertiefte. Daraufhin setzte sie sich neben mich und fuhr mir mit ihrer linken flachen Hand, aus der Wärme strömte wie durch einen Kanal, senkrecht von oben nach unten über den Rücken. Ich bekomme eine Gänsehaut: plötzlich bewegen sich ihre Finger in meinem Nacken, und mein Brustkorb hebt und senkt sich als würden wir miteinander schlafen. Offenbar kann sie in meinem Gesicht lesen, was sich in mir zusammenbraut, denn als sie flüstert, füllt es den ganzen Raum aus:

— "Sei mir bitte nicht böse und vor allem, hey, sei nicht traurig oder lass dich von traurigen Gedanken zu etwas hinreißen, was du später vielleicht bereuen würdest.

Weißt du, ich möchte nicht, dass du jetzt aufspringst und wegen mir deine Mission abbrichst, noch bevor sie richtig begonnen hat, ja?, das kann ich einfach nicht zulassen. Weißt du, ich könnte es nicht ertragen, dass du mir irgendwann vorwirfst, wegen mir seist du eher ausgestiegen, als du ´s dir vorgestellt und eigentlich erhofft hast, das möchte ich wirklich nicht. Da ist es mir lieber, wir, ich sage mal "trennen" uns jetzt, und...", eine unfreiwillige Pause entstand, als müsste sie Anlauf nehmen um über eine innere Hürde zu kommen; dabei drückte sie fester, so dass, ausgehend von den von ihr berührten Punkten, Nervenreize quer durch meinen Körper jagten. Für eine Sekunde sind wir noch einmal alleine auf der Welt: "gehen wir dabei doch einfach davon aus, das es ohnehin nur zeitlich ist, gut? Wir bleiben in Kontakt, ja?, indem wir uns schreiben oder wir telefonieren, wenn es geht, solange, bis wir uns wiedersehen... wer weiß, vielleicht komme ich sowieso schon sehr viel früher nach zur Endstation, als wir beide es jetzt für möglich halten!"

Lucky-Strike: vom Glück gestreift.

Jetzt schaltete sich River dazwischen und ich kam mir so naiv vor, weil ich zu nichts fähig war außer der Sprachlosigkeit.

Er indessen grinste sie locker an und sagte:

— "Ich würde mich freuen, Tabea, wenn du bald mal nachkämest." Tabea nickte zurück und seufzte wie ein Zusicherung. Gleichzeitig tat sie ihre Hand hinter mir hervor und sagte mit offensichtlich gespielter Leichtigkeit:

— "Ich bin ja wirklich froh, dass ihr zusammen fährt, das ist einfach sicherer, und, wie mir scheint, werdet ihr einander auch gut ergänzen. Weißt Du was," nun wandte sie sich erneut an mich, eindeutig an mich alleine, "sobald ihr da seid, meldest du dich einfach. Und dann sehen wir weiter, gut? Das ist doch ein Plan, nicht? Bitte sag, dass sich das gut anhört, ja?" In ihrem Augenwinkel glitzerte es wie ein Stern, und ich wusste, genau auf diesem würdest du gerne landen, Major Tom, und ich bäumte mich auf und ging endlich aus mir heraus und trotzdem habe ich mich nur wenig überzeugend angehört:

— "Ja, Tabea, ganz bestimmt, ich verspreche es dir, sobald wir da sind, werd ich mich melden. Das ist also unser Plan, Tabea. Gut. Machen wir das so."

Der Zug hatte bereits seine Geschwindigkeit auf ein Minimum gedrosselt und wir rollten gerade in den Bahnhof hinein. Draußen am Gang drängten sich die Leute schon Richtung Ausgang. Tabea stand auf, schnappte sich ihr Gepäck und wanderte noch einmal mit den Augen umher, zu sehen, ob sie etwas vergessen hatte.

— "Das Ticket werde ich mir in Zukunft auch sparen," meinte sie wie zur Ablenkung, "wo doch sowieso nie ein Schaffner kommt." River murmelte etwas, das ich nicht verstand, und dann bückte sie sich zu mir herunter und presste mir mit den geöffneten Lippen ein nasses großes O auf die Stirn.

"Bis dann, du." wisperte sie noch, dann verabschiedete sie sich von River mit einem freundlichen Händeschütteln und verließ unser Abteil beinah fluchtartig.

Fort, weg, nicht mehr da, ha ha ha, nicht mehr da! — — —

— Es fühlte sich an wie eine Amputation.

So wie ein sterbender Stern, sobald die Gravitationskräfte in sich zusammen brechen, zu einem alles verschlingenden schwarzen Loch werden kann, so hat sich da, wo gerade eben Tabea noch saß, eine Öffnung aufgerissen, in die ich hinein zu fallen drohe, als verschwände nicht der Boden unter meinen Füßen, sondern ich in ihm.

Da ist Rivers verdutzt in Falten gelegte Stirn, bevor ich unbeholfen und ferngesteuert die paar Schritte vom Abteil durch die Tür und den Gang zum gegenüberliegenden Fenster gehe, aber es ist zu spät, und ich sehe Tabea nicht einmal mehr als Mensch in der Menschenmenge; sie ist von der Rolltreppe längst aus meinem Gesichtsfeld gebracht worden. Noch immer tröpfeln Fahrgäste hinaus auf den Bahnsteig ihres Reiseziels. Die Art und Weise, in der ich laufend angerempelt werde, macht offenkundig, dass ich ihnen im Weg stehe.

In meiner gegenwärtigen Verfassung kommen mir all die „Aussteiger", diejenigen, die einfach nicht den Mumm haben, bis zur Endstation zu fahren, ausgesprochen widerwärtig vor, ich hoffe, das legt sich wieder. Am liebsten würde ich ja schreien, so laut ich kann. Kein Wort oder einen bestimmten Klang, sondern ein hervorgewürgter Schrei, von dem ich das Gefühl habe, dass er tief in mir drinnen steckt. Vielleicht ginge es mir dann besser.

Eine betagte Frau möchte sich und einen Koffer, den sie auf kleinen Rollen hinter sich herzieht und der im Vergleich zu ihrer schmächtigen Gestalt etwas überdimensioniert wirkt, an mir vorbeizwängen, aber es gibt dafür nicht ausreichend Platz. Natürlich wäre am einfachsten, den einen Schritt zurück ins Abteil zu machen, doch dann würde mich River sehen und er würde anfangen Fragen zu stellen, auf die ich keine Antwort weiß. Ich bin viel zu durcheinander, um auch nur einen der zahllosen wie Raketen in mir hochschießenden nach- und nebeneinander explodierenden Gedanken zurückzuverfolgen bis zu seiner Abschussrampe.

Nur nicht vor River blamieren, das ist das Wichtigste. Wenn ich ihm gegenübertrete, dann soll es gelassen und unbekümmert sein wie Quentin Tarantino.

— „Ist ja schon gut!", erkläre ich forscher, als ich eigentlich meine, und gehe der unnachgiebigen Alten voraus nach vorne zum Ausgang. Dabei hallt ein erneutes Lautsprecherdurchsagen aus den Boxen:

„Sehr geehrte Fahrgäste, wir möchten sie noch einmal darauf hinweisen, dass dies unser letzter fahrplanmäßiger Halt vor der Endstation ist, und das aufgrund der sich daraus notgedrungen ergebenden Vorbereitungsmaßnahmen unsere Aufenthaltsdauer hier in diesem Bahnhof mehr als eine halbe Stunde beträgt. Wir bitten um ihr Verständnis. Ferner werden die 3 hinteren Waggons abgekoppelt, weshalb wir die geschätzten Reisenden ersuchen, die sich möglicherweise noch immer dort aufhalten, sich langsam zu den vorderen Abteilen zu begeben. Wer noch nicht im Besitz einer Identifikationskarte ist, hat noch die Möglichkeit, um überhaupt die Berechtigung zur Weiterfahrt zu erhalten, schnell am dafür zuständigen Schalter oder direkt beim Triebfahrzeugführer sich um eine zu bemühen. Bitte bedenken sie, dass, sollten sie gegenüber einem der soeben zusteigenden Kontrolleure nicht eine sauber ausgefüllte I-Karte vorweisen können, sie ohne weitere Angabe von Gründen des fahrenden Zuges verwiesen werden! Ersparen sie sich selbst und uns viel Ärger. Wir wünschen ihnen einen angenehmen Aufenthalt und eine ebensolche Weiterreise. Vielen Dank für ihre Aufmerksamkeit. Ihr Zugpersonal."

Soviel ich weiß, befinden wir uns im vorderen Abschnitt,

näher der Lok, als dem hinteren Teil des Zuges, denk ich mir so absurde flüchtig und nebenbei, viel zu beherrscht von innerer Zerrissenheit, um auch noch den Rest mitzubekommen. Momentan bin ich wie aus allen Zusammenhängen herausgefallen, so dass ich einfach keine Empfindung dafür habe, ob die eben verklungenen Worte an mich gerichtet waren, oder nicht.

Als ob diese Wirklichkeit jemand anderen anginge. Ich bin trotzig und glaube ohnehin alles bloß zu träumen. Soeben sind wir beim Ende von diesem Glied der Waggon-Kette angelangt, und ich kann zur Seite treten, damit die drängelnde Frau endlich vorbei kann. Sie bedankt sich tausendmal, als ich ihr beim Hinterherheben des Kofferungetüms helfe, was in mir ein kurzes Lächeln auslöst: ihre Augen sind überaus gesund, bloß in einem gebrechlichen Körper untergebracht wie in einem Stundenhotel.

Plötzlich beginne ich zu wanken als mich ein starker unwillkürlicher Impuls erfasst, nachzuspringen auf den Asphalt. Meine Füße ragen zur Hälfte über den Rand der obersten Stufe, ich könnte in dieser Sekunde mit einem Schritt zwischen zwei Welten wählen und horche genau hin, aber da sind ein paar Stimmen zuviel in mir, ich fühle mich zu keiner Konkreten hingezogen, einfach unfassbar. Auf beiden Seiten befindet sich reinstes Neuland. Mir am meisten und mich am weitesten bringen würde zweifellos das am wenigsten Vorstellbare, aber hier?

Und jetzt an diesem Punkt?

So nüchtern wie möglich betrachtet erwartet mich draußen, bei aller Einzigartigkeit, etwas trotz allem durch und durch Banales, und ich finde es geradezu erschreckend, wie sehr gewöhnlich das im Grunde wirklich ist: eine Liebesgeschichte. Beginnt und endet tausendfach jeden Tag auf der Welt, ganz natürlich.

Soll nicht heißen, ich würde sie nicht genauso wieder und wieder zu zweit zu erfinden versuchen, die perfekte, aber.

Da war doch noch was. Ich hatte seit langem dieses ganz spezielle Vorhaben, einen immer wieder kehrenden Traum, der mich auf seine Erfüllung drängte, bis sich alle Zweifel und Widerstände verwandelt hatten zu einem einzigen „Du musst!" und ich habe, zugegeben, nicht damit gerechnet, Tabea kennenzulernen, sondern vielmehr darauf gehofft, auf jemanden wie River zu treffen, mit dem ich mich zusammenschließen würde können, was angesichts der mit dem Unternehmen mutwillig einhergehenden Risiken und Gefahren, vor allem am Anfang, aus gutem Grund wohl das Beste ist, denn man kann nie wissen, wo man hineingerät. Niemand kann sich eine auch nur annähernd richtige Vorstellung von der Endstation machen, der nicht selbst dort gewesen ist. Bestimmt ist es kein Ausflug mit einem Picknickkorb ins Grüne. Bestimmt, bestimmt ist es mehr als ein Abenteuer!

Ich sehe wie Uniformierte, die deutlich sichtbare Waffen tragen, an beiden Enden in den stillstehenden, durch die bereits erfolgte Abkoppelung verkürzten Zug steigen, aber ich kann wegen dem Lärm in mir keinen Bezug zu meiner Person herstellen. Mittlerweile scheint friedliches Abendlicht. Menschen stehen in Trauben umher, als Pärchen, alleine, und jeder macht den Eindruck, als würde er schon viel zu lange auf ein richtiges Erlebnis warten.

Endgültig wird mir die Entscheidung abgenommen, als mir einfällt, dass sich ohnehin der Zettel mit Tabeas Anschrift und Telefonnummer hinten bei unserem Sitzplatz befindet.

Ich drehe mich um und sperre mich in einer der Toiletten ein, als würde ich mich unter einer Bettdecke verkriechen.

Höchstwahrscheinlich komme ich erst wieder raus, wenn sich der Zug bereits in voller Fahrt befindet, nur so zur Sicherheit, Tabea, wir haben doch einen Plan, nicht wahr? Also Schluss mit den Leiden!

Schluss mit der Herum-Wertherei!, feuere ich mich an.

Links sind ein Abfalleimer, eine Spüle mit einem Wasserhahn, der auf einen Lichtsensor reagiert, darüber ein verschmierter Spiegel, der in einer Höhe angebracht ist, in der sich Männer beim Pinkeln beobachten können; vorne ist nur eine Plastikwand, an der neben dem Spiegel ein Papiertaschentuchspender hängt; rechts ist ein Fenster, einen Spalt gekippt und derart milchig beschlagen, dass man nicht raussieht. Gleich neben dem Eingang befindet sich das eigentliche WC, auf das ich mich setze, ohne die Hose runterzulassen. Mit aller Vehemenz rufe ich zur Ordnung in mir auf, nur noch Minuten, dann bin ich wieder in Sicherheit vor mir selbst. Auf einem genau in Augenhöhe an die Wand geschraubten Messingschild steht in vier verschiedenen Sprachen, dass das Benutzen der Spülung während des Aufenthalts in den Stationen nicht gestattet ist, und ich versuche mir einen beim Abfahren des Zuges zwischen den Gleisen auftauchenden Fäkalhaufen vorzustellen, ob derselbe möglicherweise ausreichte, um den Zurückgebliebenen zumindest eine Ahnung von dem befreienden Gefühl der Loskettung zu vermitteln, von dem alle erfasst werden, deren Reise nie zu Ende geht, aber dann drängt sich plötzlich ein Geräusch in den Vordergrund, das nichts Gutes verheißt.

Die Türklinke schnalzt nach unten und wieder hinauf, was sich nicht danach anhört, als hätte jemand vor, die Toilette aufzusuchen. Es klingt nach einer Überprüfung der Tür, so im hastigen Vorbeigehen, ob sie versperrt ist. Tatsächlich kommt als nächstes eine Faust, die dagegen hämmert, begleitet von einer aggressiven Stimme, die mir Angst einjagt, noch bevor die von ihr artikulierten Worte verklungen sind:

— „Hier spricht der staatlich beeidete Kontrolleur dieses Zuges mit dem Fahrtziel Endstation. Ich muss sie leider dringend ersuchen, diese Tür aufzuschließen und herauszukommen!"

Der Einheimische

Unweit des ständig zum Sprung bereiten Ufers steht eine Touristengruppe und sieht zu, wie sich langsam der Postkartenkopf der Sonne auf den Torso des Meeres setzt, der wie eigens angefertigt scheint. Jedoch nur für sehr kurze Zeit können sie erkennen, wie sich das eine in das andere schiebt und in den sonst zu schwachen Augen als ein Ganzes widerspiegelt, denn schon nach wenigen Minuten bohrt sich der Schädel kahlgeschoren runter, in das nicht Ermessliche, viel zu tief, für den Betrachter. Er sprüht noch einmal feuerkräftig, Oft-schmerz-Erkenntnis, schaukelt kurz, sinkt dann auf die Knie und letztens zur anderen Planetenseite.

Ich will mich nur kurz ausruhen, geht ihr ruhig 'mal vor! Derweil die anderen schon gehen, macht nur einer entzücktes Minenspiel und bleibt und faltet seinen Körper in den Sand, der warm ist, zart-streuig wie Zucker. Er will heute sein kleines bauchiges Fläschchen, wegen dem er eigentlich hier ist, neu auffüllen.

Er winkelt seine Beine zu einem großen Z und umfasst seine Knie leicht mit zur Höhle gebogenen Hand; wirklich weit schweift er, fort, Hauptsache fort. Zusammengesunken in Sich-Selbst harrt er aus, auch wenn es den anderen bereits zu langweilig geworden ist, obwohl erst jetzt sich Tag und Nacht umarmen.

Wie durch etwas beunruhigt kommt plötzlich Bewegung in den Mann und er entledigt sich seiner ohnehin bedauernswerten Bekleidung. Von seiner schmalen unechten Goldkette, die er offensichtlich seit Jahren schon um den Hals trägt und an der ein fragiles Kreuzchen schlenkert, abgesehen, ist er jetzt nackt; aber nicht ängstlich, nur ein wenig aufgewühlt wirkt er.

Über ihm ist ein Tuch mit dem schönsten Aquarell das es gibt, aufgehängt worden. In allen erdenklichen Nuancen wischt sich da ins Rot ein Orangenes und sosehr intensiv ist es; ja, als ob Millionen kleiner Lichtpunkte dort oben durchs Gewölbe sausten, im Kolibrikleid die überaus lebhaften Farben ertanzten. Da und dort mischt sich Gelb zart hinein, und jedes einzelne erschließt sich als „der eine Stern", den Liebende haben.

Der Mann hat es ja nicht-anders gewollt, überwältigt vom Schönen ist er völlig außer sich; und wirkt ein bisschen plump, wie er unkontrolliert wie ein Verrückter den Strand entlang läuft. Ein Runenalphabet schnitzt er mit seinen Silhouetten drauf, obwohl er allzu gut vom Unbeständigen des Sandes weiß; sich wälzend schließlich.

Er nimmt jetzt nichts mehr wahr als den weichen Wind, gegen den er feinfühlig, aber nicht ohne Nachdruck aufbegehrt. Hysterisch und irgendwie entrückt bewegt er sich, in kantigen Gebärden; der Staub, der sich an seinen Körper, an sein Glied, ins Gesicht und in die salzverkrusteten Haare klebt, ist ohne Belang für ihn, endlich.

Eben noch springt er spontan entzündet aus der Hocke, so weit er kann, wirft seine Hände über den Kopf, den er verbissen hin und her schleudert, und knallt dann auf kurz darauf, mit voller Wucht und bar jeder Berechnung; schon sprintet er hunderte Meter weit und kriecht auf allen Vieren zurück, auf seine Unterarme gestützt, die verkrampften Finger faust-geballt; aus dem trockenen Mund kriecht ihm die Zunge, er taumelt.

Wenn er diesen angestrengten Gesichtsausdruck hat, kannst du ihm jetzt alles erzählen, so geöffnet hat er sich, als er zuletzt, man kann nicht genau erkennen warum, wie in plötzlicher Besinnung innehält, sich mit beiden Beinen fest vor das Meer stellt und langsam die Arme hochzieht. Den hageren Körper umspannt blasse Haut, straff gezogen; damit man die Knochen sieht. Und wären seine etwas schäbigen Haare noch ein wenig länger, würde er wie Christus aussehen, so wie man ihn sich vorstellt. Die Fingerkuppen entspannt nach unten gewandt und den Kopf in leichter Schräglage steht er nackt vor diesem unfassbaren Meer, dass gerade Flut ausatmet. Es rauscht Leben, so heftig wie sich sein Brustkorb hebt.

Die Sonne hat eine Schicht Blattgold aufgetragen. Eine phantastische Politur. Mit sauberen Pinselstrichen einen Abklatsch alles Göttlichen; und genau auf diese beispiellose Ausstrahlung will er hinaus, eins werden mit dem Gefühl, dass jedes Leben zu bieten imstande ist. Es fühlt sich gut an, während nach und nach er vorwärts geht. Zwischen seinen Beinen, wie sonst wo. Als ihm das Wasser schließlich bis zum Nabel reicht, bleibt er stehen, und mit seinem mitgebrachten Fläschchen schöpft er einige Male durch das Nasse, Salzige. Sofort bemerkt er die ungebändigte Kraft, als er es sorgfältig wieder verschließt. Hoffentlich reicht es aus, für das Kommende, für das nächste Jahr.

Noch einmal senkt er mit gespreizten Fingern seine Arme, damit seine Handflächen Wellen spüren können, die ihn kribbelig liebkosen; noch einmal schließt er seine Augen, nickt, und der Schwamm der Nacht saugt noch das Sanftrot aus dem Himmel, während die Farbe zuletzt vom Meer abblättert.

Die Anderen, mit denen er gekommen ist, sitzen schon in einer kleinen Pizzeria und warten, ihren Hunger zu stillen. Sie warten wie zu Hause.

In weiter Entfernung spaziert ein Einheimischer entlang einer Küstenstraße, nimmt kurz Notiz, seufzt, und geht weiter.

51

Papierflieger

Ich verschwand aus der menschlichen Geisterstadt, verließ die Stierkampfarena ohne dass mir auch nur ein Knochen aus dem Leib gerissen worden wäre, ohne mit dem Augenlid zu zucken begann ich zu laufen, so wie ich angezogen war, schrecklich enttäuscht, Geschrei angestimmt, trotzdem zielstrebig auf der Suche nach irgendwas und in Ekstase und glücklich quer durch die Hölle über gewinkelte Gassen bin ich zur Hauptschlagader gekommen, und als ich den Notausgang gefunden hatte, grüßte ich beim Vorbeirennen meine Gasthausbilder und die öffentlichen Verkehrsmittel und alle anderen, die auf dem Beton vorüberzischten wieder und ein letztes Mal; eng verspielte Pfade kamen bald nach der Zivilisation, und ich rannte und rannte immer weiter, den Gedankenstrom entlang und voller Mut und Zuversicht, bis ich dorthin kam, wo nichts als Schönheit sich befand; ich blieb stehen an einem Ort, wo vor mir ein Flussweg sein Wasser drüberfloss und alles grünte und funkelte vor lauter Leben. Meine abgetragenen Schuhe schnürte ich herunter, klopfte den Schlachthaussand aus ihren Sohlen, ließ die nackten Füße ausgestreckt und liegen:
Schaulustige schwankten vorbei und erzählten von Weltgeschehen: Wo jeder sich als Führer bewirbt und ins gelobte Land einfallen will, damit er die Alten und die Schwachen abschlachten und das Blut den engelhaarigen Töchtern ins Gesichtchen schmieren kann; das Hehre fällt in ein schmieriges Loch, und diese Menschen, diese „Menschen" stieren und grinsen lächerlich hinunter!
Nichts, als bloßes Daseinsgefühl in seiner primitivsten Form empfand ich, ein Teil des Ganzen, erschöpft zwar und ausgeatmet, aber fröhlich und Mensch allein. Ich schmiss flache Steine auf den Wasserrasen, ließ sie tanzen verträumt und trieb die Zeit so in den Schlamm, weg von

mir für Stunden, bis immer weniger zu finden waren und dann nurmehr Zweifel Wellen schlug.

Aber plötzlich schwebte ein Papierflieger, der in der Luft Kreise um mich zog und auf und nieder flog, direkt vor mein Gesicht und blieb dort für Sekunden. Aus Zeitungspapier war der Flugkeil; das Cockpit, sensibel wie ein Schmetterlingsflügel, schwenkte in die Richtung, aus der ich gekommen war und erneut zu mir, hin und her, zurück, zurück; die feine Spitze befahl mir, wie es schien, doch dann rumorte der Himmel, brach auseinander und Steinplatten fielen von ganz oben runter.

Von mir selbst gewarnt und in die Flucht geschlagen, kroch ich unter einen Felsvorsprung, den mir der Fluss aus dem Gebirge gewaschen hatte, versteckte mich und wartete, bis das Luftfahrzeug entweder weitergeflogen, oder irgendwo abgestürzt war; jedenfalls war es nicht mehr da, als ich wieder zum Vorschein kam und dunkel war es obendrein und meine Schuhe unauffindbar, warum auch immer, ich spürte Angst in mir.

So stolperte ich in den tiefsten Morgenstunden fast nach Hause, abgerissen, zerfurcht am Körper, als mich ein Granatsplitter traf, der ein Papierknäuel war. Der Flieger lag vor mir zerschellt. Ich blickte rundherum und sah nichts als Kanten und Gehsteige und Autowracks im Feuerschein; ein Mädchen, das sich unter einem Fahnenmast langsam auszog, schrie und einen Handstand machte; Freunde, die mich aus längst vernagelten Fenstern durch Maschinengewehre anvisierten und Geld verwetteten; meine Eltern, die Zuckergirlanden nach mir schleuderten, zu einem Lasso geknotet. Ich wartete auf einen Wink des Lebens aus dem Fliegercockpit.

Und allen Ernstes rührte sich der Bug mit einem mutigen Lachen; das Papierflugzeug schwirrte langsam in die Höhe, her zu mir und deutete, dass ich ihm folgen möge. Barfüßig und knochenmüde wankte ich hinterher und war zornig auf mich selbst; nicht einmal Laternen schienen, wo ich ging. Endlich kam ich vor einem vergitterten Kanalrohr zu stehen und trat rostfarbene Gitterstäbe ein und erschauerte, so mond- und sternenlos war die Nacht, die mir entgegendampfte und stank, wahrscheinlich der Ratten wegen. Diffus war da nur der Umriss einer Treppe zu sehen, die steil nach unten führte ohne Ziel, ins Dunkle. Das Papierflugzeug war schon fröhlich drin verschwunden, aber ich selbst zögerte den Eintritt noch hinaus, indem ich den dickwanstigen Mond betrachtete und gerade im Begriff war, ihm zuzuzwinkern, wie er da hinter der Wolkendecke vorstürzte, als mich jähe Selbstentzündung plötzlich in den Gang reinwarf.

Diese Hilflosigkeit, wenn man vom grell Beleuchteten abrupt zum Nächtlichen hinblickt, wenn man trotz aller Konzentration die Dinge nicht wahrnehmen kann, obwohl man sie wirklich sehen will, wie sie sind, bloß weil man die Augen zu sehr an eine Seite der Betrachtung gewöhnt hat! Blind, wie ein verschlafener Tag, tastete ich mich die Wand entlang, griff in kleine Nischen auf weiches glitschiges, schrubbte durchsichtige Tiere heraus und ekelte mich, klebriges Gewucher, Spinnweben hingen schwer an mir, Düsternis; liebe Engel, die vergewaltigt am Boden lagen, flüsterten und krümmten sich, ohnmächtig, mit sich selbst beschäftigt; kein Schrei von hier unten wird dort oben laut, und auch das Papierflugzeug hatte mich im Stich gelassen, also doch.

Der Gang wand sich wie eine aufgeregte Schlange in alle Richtungen, und immer wieder teilte er sich in einen geheimnisvollen Zwiespalt zwischen Körper und Seele.

Meine Kleidung war durchnässt, meinen Kopf durchpochten Schmerzen, und die Furcht hatte ihren Dolch aus der Scheide der Panik und Einsamkeit gezogen, mir an die Kehle gesetzt. Ich war nahe dran, mich einfach hinzusetzen um alle meine Sinne zusammen zu sammeln und nichts weiter zu tun, als zu warten, abzuwarten, bis vielleicht mein Körper von selbst aufstünde und ohne mir den Weg dann weiterschritt, ich weiß es selber nicht; doch als ich gerade dabei war, mich geistig darauf gefasst zu machen, meinen Plan, der eigentlich gar kein Plan war, auszuführen, gelangte ich wider Erwarten in einen flachen, etwas angenehmeren, einzelnen Gang. Sanftes Kiesknirschen meiner Füße und ich marschierte auf Sand; auch wurde es zunehmend wärmer und, wie mir schien, um ein paar Nuancen heller. Nicht mehr kantig-schroff wie ein mit Hast herausgeschürfter Bergwerksstollen, war ´n die Mauern jetzt, sondern spiegelglatt wie Marmor, fugenlos wie die Cheopspyramide. Beinahe wirkte es wie das Innere einer Röhre, die zwischen zwei bestimmten Punkten verlegt worden war, wobei ich noch nicht genau erkennen konnte, wo denn zum Teufel endlich Punkt B sein würde, was meinen kurzfristig wieder hergestellten Frohsinn gleich wieder etwas schmälerte, genauso wie mein Weg immer niedriger und enger, bedrückender wurde, wie eine Sackgasse. Bald konnte ich mit meinen Fingerspitzen, wenn ich sie Hände-Hoch raufstreckte, die Decke spüren und erfassen; und ich erschrak, als mir klar wurde, dass sie zweifelsohne etwas von Menschenhand Gemachtes war, und ich fragte mich, wie viele schon einsam sich verrannt haben müssen bis zum Tod.

Was ich außerdem nicht begriff, war, durch welche Ritzen die Kanne der Sonne ihr milchiges Licht reingoss, und so schritt ich weiter ohne Augenrutschen, schneller und schneller, taumelte fast und atmete schwer und tief; aufgerissene Äderchen schwappten ihre Perlen über die Sandkörner, die roten Sandkörner, die in die aufgemachten Wunden wie die Wahrheit zum Herz hindrängten.

Eine Schulglocke läutete und dreihundert Schüler schrien und freuten sich und warfen Dinge durcheinander, schrien und freuten sich und liefen nach Haus so schnell es ging, zur Lieblingsmahlzeit, in Geborgenheit.

Einige Zeit brachte ich mich noch so weiter und stand dann bibbernd wie ein abgewelktes Blatt unter einer Öffnung, durch die Licht hart reinstürzte. Wissend, dass dort oben diese eine Region sein musste, die ich zu suchen mir vorgenommen hatte.

An den Überresten einer Wendeltreppe, rostige Metallstriemen und zersplitterte Bretter, längst verwittert, konnte ich es schaffen, hinaufzuklettern. Es war ein kleiner quadratischer Raum, der heilig war. Mir gegenüber befand sich eine wuchtige Tür. Ich selbst saß in der Mitte auf einem Stuhl, ein Stahlrohrstuhl war die ganze Einrichtung, und hätte mich beinah´ nicht bemerkt, als ich ankam, versunken und konzentriert beschäftigt mit dem Falten von Papier, das stapelweise neben mir lag. Bald wurde ich entführt zur Tiefschlafhütte, wunderbare Laubholzhütte.

Und nichts war gering und überflüssig, jedes kleinste Detail auf seinem zugeordneten Platz, alles stimmte, galt, nahm teil an dieser unvergleichlichen Schönheit, in der nichts fehlte.

Im Traum stand ich auf und ging zum Ausgangspunkt. Abermals gelangte ich auf einem abgetretenen Pfad in meine Heimatstadt; zu meinem Haus, das verlassen und etwas heruntergewirtschaftet, aber in konzentrierter Eintracht mit dem Leben und erhabener Würde in der ihm eigenen Art und Weise über die Landschaft thronte; an den Mauern das Efeulaub strahlte ein jadeartig glasiges Leuchten aus, das Dach glühte im Sonnenschein, durch und durch von der ganzen Bedeutsamkeit und dem Geheimnis des Daseins erfüllt.

An die Stelle der vorgefertigten oft negativ besetzten Zuordnungen traten Worte wie Wahrhaftigkeit, Einsicht, Gefühl. Eine Zentralisierung auf das Gute. Meine Füße stiefelten ganz von selbst weiter in Richtung Zentrum, nachdem sich meine Hände von dem Baum losgerissen hatten, den ich selbst gepflanzt gehabt hatte und der mir gerade etwas erzählen wollte, das aber zu unfassbar war, um hinhören zu können ohne dabei den Verstand zu verlieren, und derart kam ich mir selbst näher und näher, während ich beeindruckt langsam vorwärts schritt und tastete.

Nach ein paar Stunden wirklicher Herrlichkeit in Wiesen, Bäumen, Flüssen und verschiedenartigen Himmeln erreichte ich eine Straßenkreuzung.

Ich blieb stehen und wurde auf die vielen Menschen aufmerksam gemacht, die vor den Zebrastreifen auf eine für sie bestimmte Farbe warteten; auf die Autos, in und mit denen sie sich sicher wiegten; auf die überfüllte Einkaufspassage im nahen Hintergrund, Gesichtsausdrücke, Gangund Kleidungsarten. Dann bemerkte ich einen Entflohenen, der sich als Indianer verkleidet und an die Ampel gefesselt hatte.

Um seine Hüfte hatte er sich eine grobe Kette gegurtet, durch die ein Seil gezogen war: angebunden ans Gestänge über ihm. Seine Arme steckten festgezurrt im Zwischenraum von Körper und Kette, man sah ihm die Beherztheit an, von der er bis zu diesem Äußersten getrieben wurde.

Wie eine gehisste Fahne, die auf etwas Aufmerksam machen will, schlenkerte er im Wind, dessen stürmischen Böen er sich freiwillig aussetzte, aber der Lärm rundherum war zu laut, lenkte von ihm ab, vereitelte die ersehnte Beachtung. Niemand blickte auch nur hin!

Das schockierte mich. Mein Körper verlor schnell an Temperatur und die Augen an Sehkraft. Ein wellenartiges Zittern in immer stärkeren Schüben von den Zehenspitzen ausgehend spürte ich noch, dann trieb ich davon in das Schwarz vor den Augen und spürte dabei, wie ich beobachtet wurde.

Zu bewusstem Sein gelangte ich erneut in einem kleinen quadratischen Raum, in dem sich außer einer Vielzahl von Papier und einem Stuhl nichts befand.

Der abstoßende Geruch, der nicht einzuordnen war, und das Flimmern der Ziegelsteinmauer vor meinem Gesichtsfeld, waren meine unmittelbaren Eindrücke, als ich die Augen aufschlug. Alles drehte sich und ich konnte mich nicht bewegen, wegen der Masse von Papier, unter der ich erwachte.

Wenn man sich in einem Strand spaßeshalber einbuddeln lässt, beim Badeurlaub, passiert nichts; aber wenn man einschläft, in den Sand eingegraben, und dann aufwacht, denkt man im ersten Moment, das wars dann, jetzt kann ich mich wirklich nicht mehr bewegen, die äußeren Umstände haben mich letztendlich völlig gelähmt und: wie kann es weitergehen? Was ist dann, außerhalb? Was war im Inneren? - Ohne mir vorzustellen, wohin ich gelangen würde, entschloss ich mich dazu, durch die Tür zu gehen. Aber wie sich aufrappeln, so ganz ohne Erwartung? Etwas haben wollen, jemandem begegnen wollen, besser: die Voraussetzungen für einen Moment herstellen, der, wenn schon nicht Klarheit, wenigstens Erleichterung zu verschaffen verspricht.

Wer kennt das nicht, dieses Gefühl des auf einem lastenden Gewichts. Langsam löste es sich, und als es sich schließlich entfernte, war es ein Keuchhusten, der meinem Körper durch festes Rütteln all´ den Schmutz der Wanderung entzog, mich befreite, zur Besinnung rief.

Lehmkrusten staubflockten und die schweren Dielen rumpelten und ächzten, als ich endlich aufrecht stand. Nur jeweils vier große Schritte brauchte es, um von der gegenüberliegenden Wand angehalten zu werden. Vor allem die Tür war das, was meine Nerven aufrieb, weil ich mich außerstande sah, sie zu öffnen.

Nervös nahm ich dann rücklings zum Ausgang Platz, auf dem Stuhl, der am Boden festgeschraubt war und so in eine vorherbestimmte Gegend Blicke wie Gedanken trieb.

Der elektrische Stuhl, ein Instrument.

Schalten Sie ab, entspannen Sie sich, treiben Sie, hinaus, ihr Leben einfach los; fühlen Sie, wie es um Sie steht, wie gut das tut, zu wissen, wie außergewöhnlich es ist, wenn durch die an Ihrem Körper angebrachten Elektroden langsam Gleichstrom fließt, alles verbrennt, was nicht zu Ihnen gehört; die Fehler ausmerzt und Sie in die Fehlerlosigkeit hinaufbefördert.

Ich setzte mich gerade hin, zwei rechtwinkelige Dreiecke ohne Hypotenusen, und horchte und schmeckte und sah und fühlte. Ich zitterte. Der Stahlrohrstuhl klapperte, zauderte, wirbelte Staub auf. Papier durchriss. Geräusche der Vergangenheit artikulierten sich zu Deutlichkeit; Szenen formierten sich zu Filmen mit Dialogen wie Traktaten über die Die-Welt; Augen begegneten sich und Schritte wurden gesetzt; Blut floss, über seinen trägen Kreislauf hinaus; Tränen stiegen zurück in ihr Zuhause und genierten sich nicht weiter wegen der unmenschlichen Verluste; die Träume der gesamten Menschheit drückten der Realität zwanglos ihr gewaltiges Löschblatt auf und fabrizierten mit dem ganzen Betrug, der sich im geschichtlichen Morast gesammelt hatte, einen Rorschachtest für die Überlebenden, das klare kristallene Bild vom Wesentlichen, eine blasses aber keinesfalls scheinheiliges Bild von Gott, der in der verrückten Seite von jedem Ding zum Vorschein kam, dort vor allem.

Dem Leben waren endlich die schäbigen Kostüme vom Leib gerissen, und es war, so gänzlich auf sich selbst zurückgeworfen, so ganz und gar nackt, plötzlich verlegen und unbedarft wie ein Kind. Ich schauderte, aber ich wollte es wissen.

Aus den metallenen Röhren des Stuhls quoll Feuerwerkskörper knallender Nebel, der farbenspielte und seismische Wellen zog. Sich drehte wie das Bewusstsein eines Betrunkenen. Unfreiwillig wanderte ich durch Gletschergebiet, das auch im Sommer nicht schmolz. Streckenweise kämpfte ich mich durch hüfthohen Schnee, den ich zu Kugeln geformt in meiner Faust zerquetschte um an Flüssigkeit zu gelangen. Von der Sonne meiner Sehkraft beraubt, verirrt in der trübseligen Aussicht nach einer Berghütte-Irgendwo, erhob ich mich, mittendrin. Stand auf, weil ich auf einmal Angst davor bekam, dass, wenn ich auch nur eine Minute länger sitzen bliebe, ich in Schutt und Asche sinken würde bei lebendigem Leib; in die Falle getappt wie ein angelocktes Tier.

Auf einer Stelle unter dem Papier hatte es ein Leuchten ohne gleichzeitige Temperaturerhöhung gegeben. Eine fremdsprachige Zeitung, die bläulich funkelte. Schriftzeichen, die den Tag anderer Hemisphären erläuterten. Ich wollte sie aufheben, durchblättern. Für mich ganz offensichtlich konnte das Schriftstück nur in einem Land von sehr weit weg vom Abendland ihren Ursprung haben, und so folgerte ich, man bräuchte ja nichts als diese unzugängliche Sprache verstehen zu lernen, und Verstandes- und Verständnishälfte würden wie magnetisch angezogen sich zum Eins formieren. Als ich die Zeitung in meinen Händen hielt, merkte ich, wie um Schimmer heller alles wurde. Meine Knie zitterten, während ich mühelos die Tür öffnete und mir aus dem bedruckten Papier ein Flugzeug faltete. Zwischen Daumen und Zeigefinger den Rumpf des Fliegers gepresst, holte ich aus, und, ließ los. Überdies kreuzte ich meine Unterarme auf der Brust, senkte leicht die Stirn und tat das Wesentliche, einen Schritt nach vorn. Und noch einen. Und dann ließ ich mich von ihnen tragen. Die Torflügel hinter mir krachten zu, und ringsum öffneten sich Schönheiten, juwelengleich, von Engeln bestäubte Lotosblüten brachen auf und ich konnte den Leib der ewigen Seligkeit spüren! Mit jedem Blick und jeder Bewegung entlud sich ein anderer Vulkan unter meiner sensibilisierten Haut, Arrangements von Freudenrufen widerhallten von sehr weit her.

Doch ich ließ die Zeit vergehen, ohne ihrer eigentlichen Gestalt gerecht zu werden, solange, bis ich zum Stillstand kam. Barsch fing Luftstrom an, hinter sich her den Papierflieger zu ziehen.

Dann, nachdem ich hart aufgeschlagen war, auf einem kleinen Felsvorsprung, der wie ein Pfropfen im Gefels steckte, rutschte ich ab, obwohl ich panisch versuchte, in seinen schmutzigen Kerben Halt zu finden.

Mit Händen und Füßen versuchte ich mich festzuklammern, doch ich schlitterte, von des Windes Meeresmächten angestupst, langsam in eine Richtung.

Meine Muskeln verkrampften sich, über mir platzte ein Stein aus dem Felsen, als ob er einem zu großen Druck nicht standgehalten hätte, waagrecht schoss er aus der Wand mit lautem Pfiff, der die Vorhut war, vom lauten Wummern einer Maschine, das tief aus den Innenräumen des Berges kam. Ruckweise stieß aus dem Abhang eine biegsame Röhre, auf deren vorderem Aufsatz, einer mit den Standbeinen des elektrischen Stuhls identischen Stahlummantelung, ein Tropfen Seifenwasser schillerte, der sich zuerst in der Balance hielt, dann aber doch von der Mitte ausgehend in die Länge zog, um, nachdem von irgendwoher noch genügend Flüssigkeit geflossen kam, sich aufzuplustern zu einer überdimensionalen Seifenblase. Mit einem Fassungsvermögen von etwa einem Kubikmeter hakte sie wackelnd an dem kleinen Metallfortsatz, bis sie sich abnabelte.

Sie flirrte auf mich zu sehr langsam und würgte mich in schwerelosen Raum, hinein in die Welt der Seifenblase. Einerseits war ich darüber erleichtert, dem sicheren Absturz entkommen zu sein, zugleich aber wurde ich in ein Areal gebracht, das ich freiwillig nicht betreten hätte, wenngleich es aufschlussreich war, über die farbenfrohe Schale hinaus zu gelangen. Dort hinter der Epidermis, liegt der abgenagte Knochen der Vergangenheit.

Anstelle der natürlichen Leidenschaft der Oberfläche, seiner Farbwirkungen seinen Zauberkräften, trat das Himmelsdach eines phantasielosen Lebensherbstes. Ich sah mich selbst an Nylonschnüren hängen, die, befestigt in der Vergangenheit und in der Zukunft, sich anschickten das Jetzt zu strangulieren.

Ein unüberschaubar großer Lagerraum. In fester Umarmung von verschiedensten Geräten, die an den Wänden aufgereiht waren und seltsame Bewandtnis hatten, stan-

den da in unregelmäßigen Abständen mannshohe Glas-
behälter. Widerlich aufgequollen schwammen darin unna-
türlich verrenkte Menschenkörper, in ihren eigenen
schmierigen Exkrementen, die teilweise zu Boden gesun-
ken waren und die Flüssigkeit verfärbten. Unter den nur
halb geschlossenen Lidern war das starre Schielen von
Toten; in den weit aufgerissenen Mündern schlaffe Zun-
gen. Offenbar wurde durch eine der Maschinen die blass-
gelbe Brühe wie bei einem morbiden Aquarium in
Bewegung gebracht und in eine allezeit fortwährende
Strömung gezwängt, die bewirkte, dass sich die Leichna-
me in einem nur mit Geduld zu beobachtenden Drehen um
die eigene Achse befanden.

Aufklebeschildchen, die man nur lesen konnte, wenn man
sich bückte, erzählten nichts Gutes. Rücksichtslos wurde
da in den hundertprozentigen Gefühlen jener, die sich
hinter der Glasscheibe befanden, nachgeschlagen, aufge-
blättert der Wahnsinn ihrer ganzen kleinen Geheimnisse;
Untröstliche unter nächtlichen Samtbettdecken. Sie alle
hergezeigt in Szenen, die geprägt waren von Erniedri-
gung, Trauer, Leid, Selbstverleugnung; nur selten durch
Glückseligkeit und Erfüllung. Es machte den Anschein, als
würden die grausigen Körper von Stromstößen durch-
zuckt, bei jedem Satz, den man las, was mitunter bedeute-
te, dass der eigentliche Tod noch gar nicht eingetreten
war und es auch niemals würde, solange jemand ihrer
gedachte. Wenn die Toten doch endlich stürben!

Die komplette Menschenrasse überlegte, in welcher Art
und Weise sie am besten ihre Verstorbenen unter die Erde
brächte.

Ich wollte es nicht mehr länger ertragen und machte mich
daran, den Stecker aus der Dose zu ziehen, was mir alle
Kraft kostete, die in mir war, diese Überwindung. Das

Aufklaffen der bereits versiegelten Wunden hätte ansonsten stattgefunden.

Ich riss mich zusammen, ließ die Hände runterbaumeln, atmete kräftig durch und durch, sah ein letztes Mal die Dinge, die ich löschen wollte. Dann unterbrach ich den Kreis. Die Seifenblase flimmerte, als ob sich die einzelnen Molekularstrukturen neu ordneten; wie Luft im heißen Sommer. Immer im Takte meines Pulsschlages. Ich wurde ein Teil der Explosion, war aber ganz und gar nicht bereit, mich selbst als Opfer feilzubieten.

Wie der Schatten eines Fisches, wenn man von einer Brücke ins Wasser blickt, war der Papierflieger wieder aufgetaucht, immer wieder Anlauf nehmend und sich seine Schnauze plattdrückend, nur, um zu mir vorzustoßen. Und wirklich, wirklich war auch schon bald ein Loch geschlagen, das groß genug war, um mich hindurchzuzwängen.

Von einem Moment zum nächsten kam mir der Gedanke, meine Phantasie mit dem Flächenbrand-Leuchtfeuer der eingebildeten Angst missbraucht zu haben, ungezügelt im Leuchten, ganz von Strebsamkeit durchdrungen, wachte ich auf in meinem Tal am Fuße des Berges, fasziniert von dessen Herrlichkeit und seiner allumfassenden Harmonie. Eine tiefgrüne Lebendigkeit in der buntscheckigen Naturwiese, deren knallige Blumen Patchouli oder Honiggeruch verströmten und reinste Regenbögen färbelten. Ein Bächlein redete still vor sich hin und Vögel schilpten zauberhaftes Kauderwelsch, eingesäumt von Wald in quirliger Vielgestalt, belichtet durch ein Himmelszelt, aus dem ein dunkelrotes Zyklopenauge lugte, alles in einen Farbtopf geschmissen und darin nach Lust und Laune gedreht und gewendet; Sonnenstrahlen, die man anfassen konnte; Plüschtierwölkchen. Mehr als ein erfüllter Traum. Und weil ich nicht einmal in meiner Vorstellung je ein Sosein gesehen hatte, war ich überwältigt, und spazieren ging wie vordem nie und nimmer, setzte mich hin und atmete, mit allen fünf Sinnen atmete ich, diese Formvollendung, diese Ausgiebigkeit.

Ich hörte den übersinnlichen Gesang der göttlichen Venus; silbenbetonte, in die Länge gezogene Laute, mit dem Timbre eines Engels: „Ho-si-an-na". Ein paar Schritte hügelabwärts ging ich, um auch ihrer Gestalt habhaft zu werden, und plötzlich, so wie ein Tonfilm zum Stummfilm wird, wenn der Lautsprecher versagt, so versiegte mit einem Male jeder irdische Laut, verwirkte sein Recht, gehört zu werden, neben dem entrückten Singsang des Märchenmädchens, deren Magie in ihrer Wirkung von einem himmlischen Panflötenspieler, der sie mit einem Baldachin von Tönen umhüllte, noch verstärkt wurde.

Unausweichlich wurde ich in den Sog dieses Fabelwesens gezogen. Ich fixierte sie und saugte ihre unmittelbare Umgebung dabei ein; meine Blicke, eine Fuge im Äther. Zu beiden Seiten blühten wunderbarste Kirschbäume. Die Hände gestrafft zum großen V, nur der Pose wegen, hielt sie sich an deren Ästchen fest, mit ihren Händen, ihren feingliedrigen Fingern, die durch ihre selbstverliebt gefeilten Nägelchen die Blüten selbst überstrahlten. Diese hellen Halbkreise, die Möndchen die herrlichen, waren auf Daumen, Zeige- Mittel- Ring- und dem kleinen Finger mit der gleichen Deutlichkeit gezeichnet. Das rechte Bein hatte sie durchgestreckt, auf ihm lastete ihr kleines Gewicht, und die linke Ferse leicht hochgezogen, so dass, etwas nach vorne versetzt, ihre perfekten Zehen sich fächerten, und auf ihrem Fußballen sie stand, damit die Anmut ihres Spanns übergehen konnte in das elegante Rund ihres linken Unterschenkels.

Unter der Elfenbeinhaut konnte man ihren angespannten Schienbeinmuskel sehen.

Ab irgendeiner Stelle, zwischen ihren weiblichen Hüften und der Nabelgegend, erschien sie mir in frontaler Zugewandtheit, jedoch hatte sie den Unterkörper ganz wenig zur Seite gedreht, was gleichzeitig unverschämt lasziv, aber auch nervös beschämt wirken kann. Ihr unverhohlenes Augenglänzen, und das gewisse Zusammenspiel ihrer mimischen Gesichtsmuskeln ließ mich rückschließen, das es eine Verschmelzung aus beidem war, die ich nicht fassen konnte oder wollte; oder es niemals tun wollen würde, sie zu fassen zu kriegen mit der Schere der Realität.

Doch ich ahnte die Achtsamkeit, die ich aufbringen müsste, gesetzt den Fall, wir würden stürzen, ohne dass wir die Hände zum Schutz einander geben konnten, wären wir nicht in der Lage, die auseinandergegliederten Teilchen erneut zu verbinden; und wenn, dann blieben die Risse dauerhaft sichtbar.

Der Papierflieger entwarf Schraubenlinien von oben nach unten, und jedes Mal, wenn er wieder aufgestiegen war, nachdem im Sturzflug er diese Spiralen geflogen hatte, nahm er eine andere orakelhafte Erscheinungsform an. Ein stolzer Raubvogel, dessen perlmuttenes Gefieder, ausgefranst von Entscheidungskämpfen, auch im richtigen Winkel zur Sonne nichts als mattes Schimmern war; oder eines dieser lautstarken Düsenflugzeuge, die augenscheinlich mit nichts als ihrer baldigst möglichen Ankunft beschäftigt sind; oder ein Heißluftballon, dessen Fortbewegung in eine Abhängigkeit von Stärke und Richtung des zeitweiligen Windes getreten ist.

Ich nippte am Hellgrünlichen ihrer Augenkelche und sog tief den Geruch ihres Haares ein, dass sich ihr in roten Locken bis weit über die Schultern legte. Ein diamantenes

Muster knüpfte sich an mein Wahrnehmungsempfinden, legte sich quer über mein Gesichtsfeld und erfüllte mich ganz. In mir verlangte es danach, auf die Knie zu fallen und meine Wange fest an ihre Leibesmitte zu pressen, um den starrköpfigen Säugling zu erleben, dessen Name *Zukunft* ist, ob er im Begriff zu wachsen war, wollte ich herausfinden, sein Strampeln, seine ungenierten Bewegungen in ihrem Mutterbauch, von ihm getreten werden wollte ich. Meine Hände gingen soweit sie konnten. Das Elfenmädchen wand sich in innerem Aufruhr, hob und senkte ihren Brustkorb in straffen, schnellen Stößen; sie zusammenzuckte an bestimmten Stellen und glanzvoller wurde über uns ein Strahlenkranz, eine Myriade Lichtgeplänkel.

Aber von einer Sekunde zur nächsten machte sie wilde verneinende Gebärden, als ob irgendetwas Anlass geboten hätte, sie in plötzlichen übermächtigen Schrecken zu versetzen. Ich folgte ihren Blicken, sah, was auch sie gesehen haben musste, und meine Gesichtsmuskeln verzogen sich zu einer unwillkürlichen ekstatischen Mimik; wie es Musikern passiert, wenn sie beim Solieren die Augen schließen. Der Papierflieger hatte einen Teil von sich selbst aufgegeben und segelte herunter, setzte sich als filigraner Zylinder auf das Haupt des Elfenmädchens und begann sie hochzuzerren in die Luft, als wäre sie an eine Saugglocke gekoppelt worden. Sie presste einen knappen unheimlichen Laut aus sich heraus und gab es schließlich auf, zu versuchen Gegenwehr zu leisten.

Sie schwebte fort, ohne dass ich es zustande gebracht hätte, meine Gedanken aus den Wirren des Kopfes zu führen; aber Angst hatte ich keine. Ein Vogel hatte in die Blätterkronen winzige Nester gebaut, zusammengesetzt aus zahllosen Edelsteinen. Vor allem Opale und Saphire.

In der Mitte dieser Brutstätten lag jeweils eine einzige, unscheinbare, fest verschlossene Austernmuschel. Die Sonne zarthauchte mir mit knöchrigen Fingern.

Art Noize

An diesem traumgetränkten Morgen bin ich nicht mehr aufgewacht. In der letzten, alles entscheidenden gewaltigen Nacht haben sich die Tore zwischen den Welten entriegelt und ein furchtbares, ein wütendes Wesen ist in mich eingedrungen. Somit sind die Grenzen, die ich mit meinen Illusionen erschaffen hatte, letztendlich verschwommen. Immer häufiger spürte ich die unangenehme Verkettung zu jenem Teil von mir, vor dem ich mich fürchte, der außerhalb meiner bewussten Wahrnehmung liegt und in jeder Sekunde hervorbrechen könnte aus mir selbst wie aus einer unverheilten Wunde. In einem Geheim-Versteck tief in mir drinnen, eingepflanzt und genährt von dieser krankhaft verstörten Zeit in die wir hineingeboren sind, da hält sich eine Person-in-der-Person verborgen und lauert. Wir warten darauf, dass einer die Oberhand gewinnt. Und die einzige Spur hinaus aus dem Käfig ins richtige Leben führt über das Schlachtfeld unserer Träume: Auge in Auge stehen sich Phantasie und Wirklichkeit gegenüber, beide haben sie die Klinge ihrer Wahrheit gezogen!

Ich war zwar einiges gewöhnt, meine Wohnung lag im 7. Stockwerk eines jener Hochhäuser, deren scharfe Kanten ohne jeden Wunsch nach Wolken oder Licht in den Himmel ragen, heruntergekommene graue Betonklötze mit abbröckelndem Verputz, in einer vollgepferchten Großstadt, die, überaus düster und krank, immer schon im Begriff gewesen ist mir mit plötzlichen Panikattacken in den Rücken zu fallen – ihre Geometrie der Trostlosigkeit, ihre schmerzerfüllten Straßen mit der typischen leeren Angst der brodelnden Menschenmenge, die glaubt, ihr verbohrtes stumpfsinniges Leben sei das Einzige, das es gibt –

aber nichts, kein noch so großes Schauspiel von Kälte und Grausamkeit überragte den Anblick, der sich mir an diesem Morgen hinter meinen geschlossenen Augenlidern bot, und wie grausam ist doch eine Kettenreaktion, wenn man den Stein des Anstoßes nicht kennt!

In den friedlich daliegenden Stausee meiner Seele gelangte der Dreck und der Müll von Millionen verschiedener Ein-Flüsse, denn die inneren Mauern krachten zusammen als hätte ich sie gar nie errichtet. Ich floss über, vermengte mich, schwoll an zu reißenden Strömen, wusch mich gänzlich aus mir heraus. Der reine Ozean, der über alle fünf Kontinente schwappte und den Planeten vollkommen bedeckte.

Die Beschaffenheit von Himmel und Erde übermittelt bekommen durch einen einzigen Atemzug: Alles, was ich gekannt hatte, wurde zerstört und existierte nicht mehr. Als ob der 3. Weltkrieg über mich hinweggefegt wäre, ohne dass ich es merkte, aber. Vielleicht ist er ja wirklich schon längstens im Gange.

Ich habe alles aufgeschrieben.

: In den Schluchten einer zerbombten Stadt lief eine Frau, die die Schönheit und das Wissen der alten Welt in sich trug, barfuss über Leichen. Schnitt. In ihrem Gesicht war für mich allzu gut leserlich das wild in alle Richtungen ausufernde Fragezeichen ihrer Tränen, von ihrem Blut. Und auf dem einfärbigen T-Shirt, das ihr fast bis zu den Knien reichte, auf dem stand in Großbuchstaben: "PANDORA."

So wie die erste Frau in der griechischen Mythologie, Überbringerin des Schlechten, Sendbotin des Bösen, gleichwohl: Begehrenswerte, Geliebte, ein Zeichen, mein persönliches siebentes Zeichen für Veränderung; gewiss, denn kein halbwegs aufmerksamer Mensch glaubt an den Zufall.

Außer dem Shirt trug sie nichts, keinen Büstenhalter und keinen Slip, als ob sie genauso wie ich im Schlaf von der Katastrophe überrascht worden wäre. Die Faust ihrer linken Hand umkrallte fest einen Beutel aus Leder, weiß traten die Knöchel ihrer Finger hervor. Offensichtlich war sie auf der Flucht vor etwas, das ihre Füße schneller laufen ließ und ihre Sinne scharfsichtiger machte, gewaltige Energien, wie sie nur die Angst vor dem Tode freisetzen kann. Weinend stolperte sie über das Trümmerfeld einer vernichteten Zivilisation. Nur noch ein Schutthaufen! Eingestürzte Häuser, Bruchstücke, fehlende Teile, der aufgerissene Schlund des Asphalts, brennende Autos, unvorstellbares Chaos, die Schatten der Toten auf den Steinen, zerschlagene Spiegel, in den Gassen und in den Straßen das Rauchgeschwader von Verzweiflung&Angst&Zerfall&Verwesung, Kein-Licht, niemand, nichts, keine Einzige und kein Einziger: Pandora war allein, die Letzte, und ich fragte mich, warum sie nicht aufhörte zu rennen, jetzt, wo doch alles vorbei war, warum sie nicht stehen blieb und sich auszuruhen versuchte. Sie tat mir unendlich leid und zum ersten Mal fühlte ich mich auf seltsame Art und Weise mit ihr verbunden. Ich spürte die Einsamkeit und den Schmerz, den sie spürte. Die Ursache all des Leids war mir noch nicht bekannt, aber die ungeheuerliche Bekanntschaft mit dem, was es auf sie abgesehen hatte, musste ich schon in der nächsten Minute erleben, ob ich wollte oder nicht; Herrgott! Es lag nicht in meiner Macht, ihr zu helfen! Gefesselt und geknebelt sah ich mit an, wie sie in den Hinterhalt der geheimen Regisseure geriet.

Halluzinationengewitter hagelten auf mich ein, wüste Szenen voller Entsetzen und Ekel, die ich zu sehen gezwungen wurde, pressten sich in den Vordergrund, immer und immer wieder. Das Schaudern, als ich die Kontrolle über meine Träume verlor, ich konnte nicht umhin zu denken, ich wäre gerade im Begriff vollkommen den Verstand zu verlieren. So ähnlich müssen sich Menschen bei ausbrechender Geisteskrankheit fühlen: in der Schwebe zwischen Verängstigung und Faszination.

Das wahnsinnige Gelächter, der Gestank von Schweiß. Jene kalte Bosheit der dämonischen Mechanik, mit der diese Wesen vorgingen, stach mir ins Herz. Die Hände, riesengroße Hände an Pandoras zu Boden gepresstem Körper. Sie versuchten erst gar nicht, menschlich zu sein, und alleine das abstoßende animalische Äußere hätte ausgereicht, um sich für den Rest eines *jeden* Lebens unauslöschlich in die Netzhaut einzubrennen: nackte, widerliche Körper, die aussahen, als verbrächten sie ihre Tage für gewöhnlich unter der Erde: weiße pergamentartige Haut, die, beinah durchsichtig, schauerlich marmoriert war vom eigenen Aderngeflecht, obendrein überzog sie an manchen Stellen eine glitschige Schmiere; die Behaarung fehlte komplett. Keine Augenbrauen, kein Schambewuchs, unter den Achseln auf dem Schädel nicht, nirgends. Die Augen glotzten rot und wimpernlos aus nach hinten versetzten Totenkopfhöhlen, mit einem schwarzen unbeweglichen Sehschlitz in der Mitte. Die Kreaturen, die allesamt männlich waren (ihre verschrumpelten ekeligen Glieder!), bewegten sich, als würde ihnen schon die unscheinbarste Muskelkontraktion Schmerzen bereiten. Zusätzlich zu den Vier, die ihr aufgelauert hatten, stießen im Minutentakt neue hinzu, acht, zehn, fünfzehn, bis sie eine Gruppe aus über zwanzig Individuen schlurfend umkreiste, die blut-

gierige Horde. Sie verständigten sich mit unheimlich-
fremder Zunge, mehr Geräusch als Klang, kehlige schnar-
rende Laute, die ab und an übertönt wurden von hässli-
chem Gebrüll einiger Einzelner: nach und nach verebbte
die übriggebliebene Kraft, die Pandora noch aufbringen
hatte können durch ein letztes Bündeln des schmächtigen
Willens zu überleben, und man musste schon gezielt hinhören, um ihr tränenersticktes Aufheulen unter der Last
der schmierigen Hände überhaupt noch wahrzunehmen.
Das schwarze Haar klebte sich ihr strähnig ins Gesicht,
vor die Augen, geradeso, als wollte es ihnen den Anblick
des Geschehens ersparen. Das lähmende Hereinbrechen
der Panik zwängte ihren zum Gaudium der Zuschauer
entblößten Leib in den abgehackten Atem einer Gebären-
den: sie zuckte und wölbte sich im Geschüttel der Angst.
Der Schmerz der stierenden Blicke, beinah physisch. Das
hämmernde Gefühl, vollständig ausgeliefert zu sein. Ihr
Leibchen hatten sie ihr bis hinauf über die Brust gescho-
ben. Keinen Zentimeter konnte sie sich bewegen, noch
immer an Armen und Beinen zu Boden gepresst drückte
sich der harte Untergrund in ihr Fleisch und am liebsten
wäre sie gestorben in dem Moment, in dem die Kreaturen
begannen näher und näher zu kommen, diese Ausgebur-
ten. Von der Möglichkeit Entfesselte. Plötzlich gebot der
dröhnende Aufschrei eines besonders hässlichen Exemp-
lars dieser Nullempfindungswesen Einhalt. Die aufge-
schobene Zeit, die alles nur noch schlimmer macht. Wenn
nur nicht das gewesen wäre, was Pandora bis jetzt nicht
losgelassen hatte, in ihrer Linken!
Das "Leittier" labte sich an dem aufpeitschenden, fanati-
schen Unterton, der mit dem Gejohle und Gekreisch der
restlichen Meute einherging, bevor er mit übersteigerter

Brutalität den Lederbeutel Pandoras umklammernder Hand entriss.

Kleine zu Schriftrollen gedrehte Zettel, aufwendig von Bindfäden umschnürt, segelten in den Schmutz, aber das, was seine Aufmerksamkeit als erstes auf sich lenkte, das, was für den Bruchteil einer Sekunde alle Welten in ihrer Drehung verharren ließ, das war der Adressat, an den sie gerichtet waren. Auf einem kleinen, unerheblich schief angebrachten Klebeschild stand in kindlicher Handschrift die exakte Widergabe meiner eigenen Anschrift: die Stadt passte, die Straße passte, sogar die Nummern waren die gleichen.

Ich las die Worte wie sie ein Ohnmächtiger hört: aus weiter Entfernung; immer wieder prallte ihr Echo auf meinen vor Schreck erstarrten Geist, mein eigener Name in hartnäckiger Gravur:

"Art Noize".

Mein Verstand versuchte mir einzureden, dass ich mich auch getäuscht haben konnte, schnürte mir die Kehle zu und raubte mir den Atem, aber dann schlug es ein zweites Mal auf mich herab wie ein Hammer im Flüsterton von Pandora selbst, so als ob sie wollte, dass ich es auch wirklich glaubte: " Art Noize ".

Konnte es tatsächlich ich sein, den sie meinte, war nicht noch zu rütteln an der Tatsache?

— Pandora, wer beim Himmel bist du?

Mir blieb nicht einmal Zeit um noch die Frage nach dem Warum zu stellen, warum ausgerechnet ich, Pandora, warum, warum!, denn ich spürte, wie mir die Welt, in die ich hineingestoßen worden war wie in ein kaltes tosendes Meer, entglitt und davonrutschte, sobald ich sie zu hinterfragen begann. Eine Bildstörung, hervorgerufen durch Angst vor der Nähe zu etwas, mit dem ich nicht umgehen konnte. Alles passierte so schnell, dass es sich überschlug. Zusammenhänge, soweit sie durch meine verschwommene Brille des Nicht-glauben-Könnens sichtbar waren, wurden ein wenig klarer.

Natürlich folgte alles einem vorgefertigten hinterhältigen Plan, auch wenn er mir ganz und gar verborgen blieb, doch etwas wie Sinnlosigkeit gibt es nicht, diese Kreaturen hatten keinesfalls auf *irgendwen* gewartet! Außerdem war für mein durch Entsetzen und Paranoia getrübtes Bewusstsein ganz offensichtlich, dass es ihnen von Anfang an um nichts anderes als um Hinweise zu meinem Namen gegangen war, was auch immer das zu bedeuten hatte. Eines war klar: Es hatte sich für sie die Gelegenheit ergeben, den Willen von Pandora zu brechen, von einer, die sich nicht in ihre Schranken verweisen hatte lassen, und sie waren bereit, mit der ganzen Grausamkeit vorzugehen, die eigentlich nur Menschen in der Lage sind einem anderen Wesen anzutun.

Sie lachten das demonstrativ-künstliche Lachen von jemandem, der sich überlegen fühlt, widerlich grimassierende Fratzen. Manche fuchtelten mit aufgehobenen Gegenständen in einer Art und Weise, die diese Stöcke und Steine und Glasscherben zu Folterinstrumenten erklärte; gestreckte Penisse wie eine Waffe.

Das, was in mir vorging, es passierte!

Ich fühlte eine Übelkeit hochsteigen, einen Magensäure-Schluckauf, den das, was ich mitanzusehen gezwungen war, in mir auslöste. Mit bestem Willen konnte ich mir nicht erklären, worin die unheimliche Fügung bestanden hatte, die mich zum unfreiwilligen Puzzlestück in einem zu mir so ganz und gar nicht gehörenden grauenvollen Bild machte. Was bedeuteten diese seltsamen Zettel, die an mich adressiert waren? Woher kamen jene unmenschlichen Kreaturen und, wenn es sie wirklich gab, wofür stand die Welt, in der sich das alles abspielte? Zweifelsohne haben sie es auf mich abgesehen, oder? Pandora? Wer bist *du?*

Sie war nackt und schlotterte in den Fängen von etwas wirklich Bösem. So durch und durch hilflos gemacht, strahlte sie eine von ihrem ganzen Wesen ausgehende Unschuld aus, die mich durchdrang. Wieder durchblitzte mich dieses eigenwillige Gefühl von Verbundenheit zwischen uns beiden, und plötzlich war es, als rollten Wogen der Erleichterung in ihre Angst, als fiele die nachhaltige bohrende Anspannung eines Geheimnisses von ihr ab. Sie wirkte irgendwie gelöster, und wie als Bestätigung mühte sie sich ab mit einem schwachen Versuch, ihre Mundwinkel hochzuziehen zu einem Lächeln, trotz der Qualen, die es ihr bereitet haben muss, und während sie über sich ergehen ließ, was ich nicht gewillt bin mit auch nur einer weiteren Silbe zu beschreiben, brachen Energieblockaden auseinander und Schleusen im Himmel wurden geöffnet: so etwas wie eine Gedankenübertragung fand statt, Sätze, die sich weit hinein in mein Universum schleuderten wie ein Vermächtnis, in einem eindringlichen hypnotischen Tonfall, als bediente sich ihrer ein vergessener Gott, um zu mir zu sprechen:

Ich richte mich an den Träumer,
der unerschütterlich bleibt im Glauben an sich.
Durch seine Selbstverwirklichung
kann er uns alle erretten!
Ganz fest glaube ich an ihn,

an den heiligen Träumer
und den ihm innewohnenden Geist,
der alles miteinander verbindet:
Mut möchte ich ihm zusprechen!
Mögest Du, Art Noize,
Dich von den Schmerzen und der Einsamkeit,
die es Dir bereitet, Du selbst zu sein,
nicht beeindrucken lassen,
und mögest Du Dich unbeirrt fortsetzen.
Inmitten der von Lüge und falscher Moral
verseuchten Menschen-Gesellschaft,
die dich krank macht mit ihrem aufgestauten Hass und
ihrer Gier,
mit dem TheaterstückdasihrenFrustrationenEntspricht,
lass dich nicht hineinziehen!
Bleibe stets entschlossen, Dein Leben zu leben,
auch wenn Du umgeben bist
vom ungeduldigen Wahnsinn der Gewohnheit.
Blicke jedem starr in die Augen hinter dem Gesicht,
das er zur Schau trägt: fürchte dich nicht!
Das, was du siehst, ist immer die Wahrheit!
Art! In Deinem Traum bist Du die einzige Rettung.

Art Noize! Art Noize! Art Noize! Art Noize! Ratatata-
ratatata-ratat-tata: Unvermittelt gingen dem Maschinen-
gewehr der Buchstaben die Patronen aus. Ich lag in meinem Bett wie in einem Schützengraben und konnte nicht
fassen, dass jene Wörter aufgehört hatten auf mich zu
schießen!
Die laute Stille der Feuerpause schlug ein. Fertiggedreht
die Perlenkette mit den Bildern des Horrors. Zittrig atmete
ich auf, Unklarheit herrschte jetzt nur im Dämmerzustand

zwischen Schlaf und Erwachen, als ich zaghaft meine Augen öffnete, ob ich auch wirklich hier hingehörte. Ich konnte nicht unterscheiden, ob die Nacht noch fortdauerte, die ich begonnen hatte, oder ob sie, ohne den Tag dazwischen auch nur berührt zu haben, bereits einer nächsten hatte weichen müssen.

Auf jeden Fall war es zu finster, um mehr als Umrisse auszumachen. Wahrscheinlich, dass der Ort, in dem ich gerade in Sicherheit war, sich in meinem Schlafzimmer in meiner Wohnung befand.

Vielleicht, dachte ich mir, gehe ich morgen nachschauen. Der Anflug eines Lächelns: zu diesem Zeitpunkt war es mir eigentlich gleichgültig. Ich genoss jetzt nur das Glück, nicht mehr an etwas gebunden zu sein, von dem ich geglaubt hatte, ich wäre mit ihm verwachsen. Es war also doch irgendwie möglich gewesen, mich aus der Verschlingung der Ereignisse zu lösen! Alles nur ein Missbrauch meiner Phantasie und Pandora war gar nichts geschehen? Endlich fand dieser unerklärliche Gedankensog nicht mehr statt, und ich versuchte, so wenig wie möglich von allem in meinem Gedächtnis zu behalten, weil ich nicht beabsichtigte, mich länger als nötig mit diesen Dingen in meinem Kopf herumzuschlagen. Diese Stimme, die auf mich eingeredet hatte... Ich konzentrierte mich darauf, möglichst leer zu sein. Für den Moment schien alles ausgehalten, und ich fiel, von den Ereignissen erschöpft, doch noch in die Ruhe eines einfachen Schlafs.

Dann kroch der Tag aus seiner Höhle. Ein Lichtbalken stemmte sich vom Fenster ab, pflanzte sich fort durch den Raum und nagelte sich fest an der gegenüberliegenden Wand. Ich wachte auf, weil ich ihm in der Quere lag.

Die Helligkeit brannte mir in den Augen und ich versuchte sie durch Blinzeln zu verscheuchen, wälzte mich schattensuchend im Bett. Nach so einer Nacht kann man nicht einfach aufstehen und so tun, als hätte man gut geschlafen. Macht nichts, was mit der Welt da draußen ist, wenn ich diejenige in mir drinnen nicht kenne. Aber als mich auch noch das selbstsinnige Gebrumm einer Fliege störte und ich blind nach einem Gegenstand tastete, mit dem ich sie erschlagen würde können, musste ich feststellen, dass sich die Unterschiede aufgehoben hatten. Innenwelt *war* Außenwelt, und diese Empfindung ist nicht bloß das flüchtige Aufblitzen einer philosophischen Idee gewesen, hervorgerufen etwa durch das Ansichtig werden der in meinem Raum vorherrschenden Unordnung, nein, vielmehr stülpte sich diese Erkenntnis in jener entrückten Morgenstunde aus mir heraus mit aller eindringlichsten Wortwörtlichkeit, die man sich vorstellen kann: Wo ich auch hinschaute, überall durchbohrte mich das zurückgeworfene Bild meiner Selbst. Ich sah, wie sich augenblicklich die Gedanken des Erschreckens in mich eingruben und mein fahl gewordenes Gesicht verhässlichten.

Mein Pulsschlag beschleunigte vor Aufregung, und ich hatte das Gefühl, keine Luft zu bekommen: Was vordem die harte Konsistenz von Holz oder Metall oder Plastik gehabt, hatte nunmehr die zerbrechliche Erscheinungsform von Glas angenommen! Alles, die vier Wände sowie Plafond und Boden, der Kasten, der Schreibtisch und die Stühle, jeder einzelne kleine und große Gegenstand des alltäglichen Lebens, alles außer meinem Bett, alles war

ein Spiegel! Ich sah mich projiziert auf eine unüberschaubare Anzahl von Einzelstücken, zerrissen und auseinan-
dergegliedert meine ständig wechselnden tausend
Gesichter, von denen mir die meisten fremd waren, obwohl sie zu mir gehörten. In diesem Spiegelzimmer fühlte
ich mich beobachtet von mir selbst. Diese allgegenwärtige
Observierung: was mache ich falsch?

Ich saß auf der Bettkante und war verkrampft wie ein
Langzeitpatient einer Nervenheilanstalt. Mit den Zehenspitzen spürte ich die kalte blanke Ebene einer Glasplatte,
wo beim Schlafen gehen noch die angenehme Natürlich-
keit eines Holzbodens gewesen war. Und ich wollte nichts
berühren, an das ich mich nicht gewöhnt hatte!

Was, wenn etwas runterfällt und zerbricht?

Irgendwie fasste ich dann den Mut, aufzustehen. Wacke-
lig gelangte ich zur Waschmuschel, hielt meinen Kopf unter fließendes Wasser und erreichte das genaue Gegenteil
von dem, was ich mir erhofft hatte: anstatt klarer zu werden, mischten sich jetzt auch noch die dunklen Farben der
Nacht in das Aquarell meiner trübsinnigen Empfindung.
Nichts habe ich mir abwaschen können, keine Silbe vergessen!

Mein Geist kotzte die Bilder aus, und ich musste sie
schlucken, doch mir fehlte die Kraft dazu, sie unten zu
behalten. Immer wieder kamen sie hoch: Pandora rennend
liegend schreibend, geheime Regisseure, ein hinterhälti-
ger durchtriebener Plan, Visionen einer zerstörten Welt,
Schriftrollen Bücher Maschinen Nullempfindungswesen;
vielleicht sind Dinge und Geschehnisse bloß deshalb
grauenvoll, damit man sie sich merkt und sich mit ihnen
beschäftigt. Weil sie einem etwas zu sagen haben! Aber
ich will das alles nicht hören, ich will nicht, sagte ich laut
in den Raum hinein, was geht mich das an? Natürlich

musste ich mir selbst die Antwort geben: Entweder ich integriere alles, was zu mir gehört, lerne ausnahmslos jede Seite von mir kennen, oder ich bleibe eine Marionette meiner eigenen Wahnvorstellungen.

Ansonsten würde ich das Vor-sich-Gehende wohl nie begreifen.

Wie den entscheidenden Zeitpunkt abgewartet lag plötzlich etwas in meinem Gesichtskreis, das nur mit der konkreten Absicht dorthin geraten sein konnte, mich vollends aus der Bahn zu werfen.

Aus meinem Blick wich die Vernunft.

Ich fühlte mich, als wäre ich eingeschlossen in einem Versuchslabor und jede meiner Reaktionen würde genau dokumentiert werden von Unsichtbaren-hinter-dem-Glas. Sicher ist alles nur einseitig verspiegelt, und auf der anderen Seite, da, da ist?!

Ein unter dem Türschlitz zu mir hinein geschobenes Kuvert, einer dieser Briefe, die man nicht öffnen möchte, weil man sich ihren Inhalt ohnehin denken kann und es nicht auch noch schwarz auf weiß haben will, das die Befürchtungen begründet waren, die man in bitterer Vorausahnung gehegt hat. Ein Abschiedsschreiben meines vorangegangenen Lebens. Für mich persönlich abgegeben, denn außer Art Noize stand auf dem Umschlag nichts; „Art Noize!", mit einem Rufzeichen.

Eine Art Strahlung ging von ihm aus, die mich elektrisierte und in seinen Bann zog. Alles in mir wehrte sich dagegen, diese Büchse der Pandora aufzumachen. Wie einen ekelhaften Fremdkörper hielt ich ihn zwischen Daumen und Zeigefinger gepresst, weit von mir weg.

Und als ich ihn so fixierte, wurden meine Knie weich und alles begann sich zu drehen, auf der Stelle musste ich mich hinsetzen, wenn ich nicht ohnmächtig werden wollte, aber mein Kreislauf war dem nicht gewachsen, und ich taumelte zwei Schritte entfernt vom sicheren Bett, stürzte und riss vieles mit mir hinunter, was mir einmal wichtig gewesen war. Das Zu-Bruch-Gehen von Erinnerungen, die zerbrechlich geworden sind wie Glas. Zwar konnte ich den Versuchungen der mir innewohnenden Wut auf mich selbst widerstehen und ich schlug nicht! auch noch den übriggebliebenen Rest kurz und klein, noch nicht, aber ich war tief betroffen von der Leichtigkeit, mit der, willentlich oder unwillentlich, ausnahmslos alles zerstört werden kann, was einem an Wert besitzt. Es erschien mir alles ganz und gar ausweglos. Das, wo ich mittendrin steckte, das, was mich verwirrte, war ohne Frage nichts anderes als das Leben selbst.

In diesem Moment war ich ein Mensch des Elends und lag zusammengerollt wie ein Embryo am Fußboden meines dunkler und enger werdenden Raums; erst das bedrohliche Näherrücken meiner eigenen vier Wände - gipfelnd in einem neuartigen Höhepunkt der Angst, sie erdrückten mich, wenn ich ausgerechnet jetzt liegen bleiben würde – stellte mich nicht nur wieder auf die Beine, sondern veranlasste mich auch zu der überstürzten Flucht, die mich dorthin brachte, wo ich jetzt bin:

nirgends.

Ohne nachzudenken schlüpfte ich in meine Kleidung, krallte mir mechanisch Zigaretten, Feuerzeug und was zu Schreiben, dann öffnete ich mit einem einzigen Ruck den Umschlag: ratsch! Sein Inhalt strömte heraus wie giftige Dämpfe. Kurz schnappte ich nach Luft, ich, ein Ertrinkender, und bekam immerhin noch mit, dass ich gerade meine letzten Haltegriffe gelöst hatte und das es von nun an nur noch eine Richtung gab, nämlich die, die mir die Strö-

mung, in die ich hineingeraten war, aufzwingen würde.
Schon die ersten drei Worte ergriffen von mir Besitz:
"Bitte hilf mir!"
Die Buchstaben waren hingefetzt in hastigem Abstand
zueinander. Man konnte die Verzweiflung und den Druck
spüren, unter dem der Verfasser gestanden haben muss.
Als würde er verfolgt:
"Art Noize, ich flehe Dich an, vergeude deine Tage und
Deine Nächte nicht! Rette mich! Wenn Du mich findest,
kommst Du zu dir selbst. Du bist der einzige, der in der
Lage ist, sie aufzuhalten! Bitte warte nicht länger, die
Nullmänner werden mehr und mehr in jeder Stunde! Sie
sind überall, sie werden immer stärker, und sie haben mit
ihren unsichtbaren Fäden ein monströses Netzwerk der
Macht gesponnen. Nichts ist schwerer zu verkraften, als
der Blick hinter die Kulissen, aber die einzige Chance ist,
dass Du den geheimen Regisseuren zuvorkommst. Bitte
gib acht, verlaufe dich nicht! P." —Ich erinnerte mich an
jede Einzelheit meines Traums, aber ich hatte Angst, mich
mit ihm zu identifizieren! Alles zog sich zusammen auf
einen einzigen Punkt, paralysiert heftete ich an den Zeilen,
aber je öfter ich sie las, desto mehr entzogen sie sich mir.
Es ergab, zumindest für mich, keinerlei Sinn.
Unter normalen Umständen hätte ich mich über jeden ge-
freut, der an mich dachte, auch wenn es ein Fremder war,
aber das? Pandora? Vielleicht hätte ich das anschwellen-
de Geräusch schon eher gehört, wenn ich nicht sosehr mit
mir in mir beschäftigt gewesen wäre, plötzlich war es da,
und es schien von der anderen Seite hinter der Wand oder
aus einem Hohlraum zwischen Mauer und aufgeschraub-
ter Glasplatten zu kommen, ganz leise zuerst, unaufdring-
lich wie krabbelnde Insektenfüßchen, aber dann wurde
die Lautstärke immer angsteinflößender, bis es sich anhör-

te, als hämmerten Fäuste gegen die erzitternde Wand. Das sind die Männer hinter dem Glas, schoss es mir durch den Kopf wie eine Pistolenkugel, sie werden zu mir durchbrechen! Was auch geschehen sein mag und die bizarren Veränderungen in meinem Bewusstsein hervorgerufen hat, es ist mir überlegen. Ich stieß einen entgeisterten Schrei aus, als alles erbebte im neuerlichen kriegerischen Ansturm der Bilder in meinem Kopf, Regale wackelten und fielen um, Risse sprenkelten sich wie Arterien, Glas zersplitterte, alles würde zusammenbrechen und mich unter sich begraben, ein Erdbeben. Während ich Hals über Kopf durch die Tür hinaus auf die Straße flüchtete wie aus einem Gefängnis, mischten sich deutliche Stimmen ins tumultartige Getöse, mir hinterherbrüllend: Das ist eine Flucht, die nicht funktioniert! Es gibt keinen einzigen Raum der Sicherheit, weil wir auch die geheimgehaltensten Verliese kennen!

Weg, egal wohin. Ich lief durch die Gassen und Straßen der großen Stadt wie ferngesteuert, ausgeklinkt aus dem, was rundherum passierte, schien mir alles auf seltsame Art nicht zu mir gehörend.

Ich sah in die ganzen hässlichen Gesichter hinein und alle waren mir fremd, alle tot und irgendwie abgestorben. Wahrscheinlich sind die auch noch froh darüber, dass sie nicht weiter als bis zur nächsten Häuserfront sehen: zu wem kann man schon gehen, wenn jeder Einzelne soweit weg ist, dass man ihn nicht erreicht?

Ich wollte soweit gehen, bis meine Gedanken ins Leere gelaufen waren. Nur nicht zuviel nachdenken! Vorbei an Monster-Wohnblöcken, wo dreitausend Leute drin leben wie in Arbeitsbienenwaben, vorbei an den grauen toten Fassaden, links und rechts die Supermärkte Autos Büros Imbissbuden Banken Geschäfte für jedes vorstellbare kaufen! Ampeln Kreuzungen Wegweiser Bodenmarkierungen: aufgezwungene Linien und Grenzen, vorprogrammierte Reizauslösung Lärm Stress Ärger Aggression Müll Dreck Gestank, der unheimliche Rhythmus der Leuchtreklamen und das riesige Heer der vergitterten Fenster, aus denen nie jemand sieht, nirgendwo sonst in der Welt spürt man stärker die völlige Abwesenheit des Geistes. Die Menschen, alles und jeder schien etwas im Schilde zu führen.

Was man aussendet, empfängt man, und ich war erfüllt von Angst und Misstrauen als ich stehen blieb und mich umschaute.

Ich lehnte mich an die Mauer eines Wolkenkratzers wie an eine Schulter, die kalt war wie alles andere auch. Es roch nach verbranntem Fett, Großstadttauben hockten verkrüppelt auf überquellenden Mülltonnen, Papierfetzen wehten. Die beste Möglichkeit, um mich abzulenken: Ich schaute nur noch auf die anderen Menschen und musste dadurch nichts mit mir selbst zu tun haben. Zynisch stand ich in meiner Seitengasse und betrachtete den vorbeirauschenden Menschenstrom.

Lauter wahnsinnig Normale, nirgends echte Verrückte, ein jeder mit seinem eigenen kleinlichen lächerlichen Programm im Kopf. Wenn die wüssten, dass das größte Geschenk Unwissenheit ist!, dachte ich mir, und wunderte mich über die verschiedenen Arten, wie man sein Leben verbringen kann.

Die Masse ist versklavt, aber in ihrer Dummheit ist sie wenigstens glücklich. Vor allem die Art und Weise, in der sie mich anschauten, hatten sie alle gemeinsam: als hätte ich etwas verbrochen. Ich hatte keine Idee, was ich unternehmen konnte, aber ich spürte, dass, wenn ich nicht in Bewegung bliebe, wieder die Gedanken über mich herfallen würden.

Gerade als ich in eine geeignete Öffnung im Menschengeschiebe und Gedränge schlüpfte, um weiterzutreiben, löste sich ein Mann aus der Masse und rannte auf mich zu. Wir knallten aufeinander. Er flüsterte etwas Unverständliches und mir ekelte vor seiner Berührung, ich starrte ihm in seinen gehetzten Blick mit zusammen-gekniffenen Augen, ohne ein Wort zu sagen. Er trug einen schmuddeligen grauen Anzug, rotbraune schmutzige Halbschuhe, die aussahen, als wären sie an ihm festgewachsen, so alt und fleckig wie der zerbeulte Hut, den er aufgesetzt hatte. Sein Gesicht schien wie künstlich modelliert, grau, kantig, hervortretender Stirnwulst, schmale aufeinandergepresste Lippen und bebende Nasenflügel; aber das schlimmste war das entsetzliche Fehlen der Haare: er hatte keine Augenbrauen, und ich war mir sicher, würde ich ihm die lächerliche Kopfbedeckung herunter reißen, darunter käme eine Glatze zum Vorschein. Mit einem Male begann ich zu zittern, so dass es mich schüttelte, in meiner Kehle klomm etwas Bitteres empor und ich spürte eine sinnlose, dumpfe Wut; am liebsten hätte ich mit den Fäusten getobt um mich freizumachen von dem Grauen meiner Erinnerung, die wie ein Angelhaken, an dem dieser Nullempfindungsmann zerrte, in meinem Gehirn festsaß.

Schon klemmte mein Hals im Schraubstock seiner Hände, und ehe ich mich versah hatte er mir sein Knie in den Bauch gerammt. Ich sackte zusammen, aber er lockerte erst seinen Griff, als er mir noch mit Worten einige zusätzliche Schläge versetzt hatte:

"Wir beobachten Dich! Art Noize, wir beobachten dich schon lange. Sei Dir dessen ein für alle Mal bewusst! Du bist verrückt Du bist verrückt DU BIST VERRÜCKT!"

Der Nullmann fauchte mich an wie jemand, dem man zu nahe getreten ist. Weil er ein Geheimnis verteidigt! Seine Augen rollten durchdringend von einem erregten Blick zum nächsten, und sein Gesicht grimassierte, als könnte es sich nicht für einen spezifischen Ausdruck entscheiden. Schließlich blieb es in einem Abbild des reinen Angeekelt-Seins stecken, und er wiederholte, jede Silbe betonend:

"Du musst wirklich verrückt sein!"

Genau in dem Moment passierte es. Während er mich auf den Gehsteig stieß fiel ein Notizbuch aus seiner Manteltasche, ohne dass er es merkte. Er war viel zu beschäftigt damit, genauso schnell wieder zu verschwinden, wie er aufgetaucht war, und so schnappte ich hektisch zu, hoffend, mir etwas bemächtigt zu haben, das mir dabei helfen würde die Rätsel über meine Widersacher zu lösen. Ich drückte das Notizbuch, auf dem "Der Marsch der Nullmänner" stand, fest an mich wie eine Beute.

Dann geriet ich in die Spirale der mich einhüllenden Schwärze. Die-Vorbei-Kamen zuckten die Achseln, weil an einem, der auf der Strecke geblieben ist, nichts besonderes ist.

Ich hauchte mir selbst wieder Leben ein. Zuerst hob ich meinen Kopf, dann streckte ich Finger und Zehen. Ich saugte Luft in meine Lungen wie einen Joint. Neben mir lagen keine zugeworfenen Münzen, auch stand da keine Flasche Wein oder was zu essen. Nicht einmal eine Hand war hingehalten. Meine Geldbörse lag zu Hause – nichts konnte mich dazu bewegen, dorthin zurückzukehren – und die Zigaretten würden mir auch bald ausgehen. Ich fühlte mich einsam, aber dennoch gab es etwas, das mein Grollen und Rumoren in der Magengegend besänftigte und die Gewissheit, dass ich am Boden lag, etwas weniger schlimm aussehen ließ: In meinem Besitz waren Informationen über den Feind. Der Marsch der Nullmänner.

Erwartungsvoll wie ein kleiner Junge arbeitete ich mich hoch, bis ich halbwegs schmerzfrei mit dem Rücken zur Wand auf dem Asphalt hockte, und begann, unratsam oder nicht, gleich in dem kleinen schwarzen Notizbuch zu blättern.

Es war kein durchgehender Text, sondern mehr eine Art Aufzeichnungs-Journal einzelner Gedanken und Beschreibungen. Außerdem waren allerhand wichtig erscheinende Zahlenkolonnen auf beinah jede Seite verteilt, manchmal, wie um zu vergleichen, mehrere nebeneinander. Ihre genaue Bedeutung blieb mir vorerst unklar, aber ich machte mir den Reim darauf, dass es sich um regelmäßige Eintragungen handelte, etwa so, wie ein Forscher oder ein Detektiv Buch führen würde über den Fortschritt seiner Arbeit. Zugegeben, ich kümmerte mich nicht lange darum. Lieber saugte ich die Worte satzweise auf und ließ meine Augen kleben, wo sie wollten. —

: Im Grunde handelt es sich um keinen Krieg der Welten, sondern um einen Kampf des Lebens gegen sich selbst. Jeder ist darin verstrickt, ob er nun davon weiß oder nicht, alle stecken sie mit drin, die Wirtschaftstreibenden, die Politiker, die Polizei und das Militär, alle, wirklich alle, und keiner von den armen Teufeln merkts! — Ich bin stolz darauf, dabei zu sein, wo niemand mehr mit kann. — Es hat noch nie eine günstigere Zeit gegeben, um unsere Vorhaben durchzuführen, niemals zuvor war es leichter. — Wir befinden uns an einem Anfangspunkt, der wohl oder übel von den meisten als Endpunkt empfunden werden wird. Aber wir bewerten das nicht, sonst verlieren wir unsere Richtung. Ist es nicht ohnehin so, dass, egal was passiert, alles in Ordnung ist, solange niemand das Gegenteil behauptet? — Das Aufgehen des Plans hängt ab von der Kontrolle. Wenn wir soweit sind, werden wir nichts lieber tun, als sie zu verlieren. — Nichts ist hässlicher als Krieg, darum versuchen wir es mit Naturkatastrophen. Irgendwie macht das ein schöneres Bild. — Manche starren hinauf zu den Sternen, als wären sie dort zu Hause; das sind die, auf die wir aufpassen müssen, die könnten gefährlich werden! — Unsere Wege liegen deshalb beharrlich im Dunklen, weil die Menschen sich davor fürchten, sie zu betreten. Sie verlassen sich noch immer auf ihre Augen und können nichts sehen ohne Licht. — Wir spielen mit ihnen wie mit Haustieren. Wenn einer ´mal entwischt, lassen wir ihn ziehen, weil er sich sowieso verläuft. — Die meisten nehmen ihr tägliches Gift, als wäre es ein selbstverständliches Mahl. Niemand fragt nach den Inhaltsstoffen von Worten und Gedanken und Erscheinungen. Geschluckt wird, was man vorgesetzt bekommt, keine Widerrede! — Das ist die seltsamste Welt, in der ich jemals gewesen bin, ich wünschte, du wärst hier. — Unsere

Tarnung ist perfekt, weil sie so oberflächlich ist. Die Mühe, nicht aufzufallen, hat sich bezahlt gemacht. Kein gewöhnlicher Mensch wird vermuten, was in uns steckt, solange wir uns ihm nicht von selbst öffnen. — Unsere Stärke liegt darin, ganz und gar durchschnittlich zu sein. Wir haben genug Arbeit damit, unser Gesicht zu verbergen. — Wir haben uns unsichtbar gemacht, aber wir verstecken uns nicht. Wir befinden uns an jedem erdenklichen Punkt, an dem die Fäden zusammenlaufen, wir sind Gang und Gebe, wir regieren nicht, wir herrschen, Erde Luft Feuer Wasser, jedes Land und jeder Kontinent; bald wird niemand mehr in der Lage sein, eine Entscheidung zu treffen, die uns nicht in den Plan passt. — Es ist ein menschliches Gefühl, das sich ausbreiten wird wie eine Seuche. Wir haben uns Eintritt verschafft in jedes Lebewesen dieses komischen Planeten. — —

Hier stockte ich, denn ich muss einen dermaßen gefesselten Eindruck gemacht haben, während ich las, dass ich befürchtete die Blicke fremder Augenpaare auf mich zu ziehen; nicht schon wieder, dachte ich, und klappte das Büchlein zu wie ein Nachschlagewerk.

Nein, ich werde mir keinen Fehler erlauben: das ist der einzige Gefallen, den man sich ersparen kann mich zu bitten!

Plötzlich akzeptierte ich die Haut, in der ich steckte, als schwebte mein Kopf nach oben wie ein Luftballon, weil sich endlich die Schwere auflöste, die auf mir gelastet hatte wie ein Fluch. Auf absurde Weise fühlte ich mich sicher. Nicht nur, dass ich auf einmal eine Aufgabe hatte in meinem Leben, nicht nur das. Vor allem war ich ein Auserwählter. Übermütig machte ich mich auf den Weg zu

Pandora, die ohne Frage bald wieder Kontakt zu mir aufnehmen würde. Fast erwartete ich das Klingeln eines öffentlichen Telefons, so wie es in Fernsehfilmen passiert. Ich begab mich auf die Suche nach Spuren und Zeichen, hielt Ausschau nach Fingerzeigen und beobachtete das Winken von Zaunpfählen. Oft lagen die Umrisse des geheimen Ganzen direkt vor mir, nur um in der nächsten Sekunde wieder zu verpuffen wie eine Seifenblase. Mir war klar, das es um eine Sache ging, deren Dimension mein Denkvermögen überstieg. Und wenn ich davon ausging, dass sich der Einflussbereich meiner Gegner über alles Vorstellbare erstreckte, würde es schwer sein, in Zeitschriften, Büchern, Filmen oder Computern auf etwas Brauchbares zu stoßen. Die Medien manipulieren und programmieren jeden Einzelnen von uns. Mehr ist dazu nicht zu sagen. Besser also dort nicht nach einem Fünkchen Wirklichkeit suchen, wirbelte mir durch den Kopf, denn eine Zeile zu lesen oder eine Minute zu hören bzw. zu sehen bedeutet nichts anderes, als seine Seele zu verändern. Und wie soll man da sein Sein-Gesicht bewahren?

Obendrein wäre es ja geradezu lachhaft, hätten die Nullmänner nicht alle Beweise ihrer Anwesenheit verwischt, und dennoch: mir war dieses Notizbuch in die Hände gefallen. Zufall, oder eine falsch gelegte Fährte, die ins Nichts führt?

Dann sah ich meine Chance in der direkten Konfrontation: Wenn es schon keinen Weg gibt, der mich an den Ort bringt, wo sich die Nullmänner versteckt halten - sie sind überall und zugleich sind sie nirgends - dann müssen sie eben zu mir kommen. Provokation? Autoreifen zerstechen, Schaufenster einschlagen?

Nein, die Kunst des Lärm Erregens. Das Barrikaden stürmen. Das Mauern einhauen. Das Liebe verbreiten!

Die Zeit fliegt rasch wie ein Pfeil und wartet auf niemanden! Der Countdown hat schon längst begonnen, und weder weiß ich, in welchem Tempo unsere Uhr abläuft - Riesenschritte müssen es sein! - noch kann ich mir ein Bild davon machen, was passiert, wenn irgendwann die Ziffer Null auf der Anzeigetafel erscheint; zehn neun acht sieben; wird noch etwas übrigbleiben von der Erde, wie wir sie kennen?

Ausgemergelte geistlose Körpermenschen, Knechtschaft und Angst, Folterkammern und Peitschenschläge für jeden, der sich nicht freiwillig fügen will in das neue Zeitalter absterbender Herzen?

Während ich mit meinem Szenarien-Durchspiel in eine Welt jenseits von Gut und Böse versank, hatte ich unmerklich eine schnellere Gangart eingeschlagen, so dass ich mich dazu zwingen musste, innezuhalten ob der Vergegenwärtigung des Augenblicks. Ich merkte, wie sich alles verändert beim Entdecken einer vordem unbekannten Art der Sicht. Noch vor kurzem hatte ich mich durch und durch abgestoßen gefühlt von den Arschkriechern, Taschenrechnern, Besserwissern; allesamt Ich-Bezogene intolerante Schweine!, und jetzt, jetzt taten sie mir leid, unglaublich, aber sogar das geldverfressenste Krawattenbündel sehnt sich in seinem Innersten nach Glück; jedes Wesen, dem ich begegnete, wirkte auf mich wie die weinenden angebundenen Elefanten im Zoo. Die Schiefer- und Glimmerkörnchen im Asphalt unter meinen Füßen glitzerten hübsch wie Edelsteine.

Ich bejahte mich. Binnen weniger Stunden würde ich das Privatkino meiner Seele ausverkaufen und alle würden sie Teilhaber sein wollen von meinem Traum, dieser sich bis zum Ende abspulende Traum wie eine Kassette in einem Videorekorder, auf dem es nur eine einzige Taste gibt: "Play", Play-it-Loud!

Also Pandora, wo bist du? Ich durchwanderte die raue Stadt auf verschlungenen Wegen, die ich niemals zuvor betreten hatte, ab und an drehte ich mich um, aber da war nichts Verdächtiges und ich spürte auch keine verborgene Bedrohung, sogar die zahllosen Überwachungskameras an allen Ecken und Enden beunruhigten mich nicht, denn ich wollte wie eine Fackel durch die Straßen laufen und leuchten wie eine Warnung, alle sollten sie mich sehen und sich fragen, vielleicht hat er Recht?

An einer wenig frequentierten Stelle setzte ich mich auf eine Bank und überlegte, welche Personen ich herausfischen sollte. Am Anfang ließ ich mich von meinen Gefühlen leiten, dann machte ich keinen Unterschied mehr zwischen den Vorübertröpfelnden. Links neben mir war ein modernes Schuhgeschäft mit großen Schaufenstern, und rechts stand ein von einer hässlichen Staubschicht überzogener Baum - er ließ seine Blätter hängen wie die Menschen den Kopf - aus dessen Stamm die rostigen Metallstifte eines Zeitungsständers ragten, eine Spezialausgabe wurde da verkauft; dahinter die Nebenstraße, parkende Autos und das ansonsten selbe Bild: Parkbank, Baum, Auslage; Menschen, die auf mich zu kommen, Menschen, die mich niedertrampeln, wenn ich nicht zur Seite gehe. Mir blieb nichts anderes übrig, als mich mitten vor sie hinzustellen: mal sehen, ob sie einen Schritt von ihrer Bahn abweichen!

Dann kam sie, eine Frau, mit der ich es als erstes probieren wollte. Sie war Mitte 20, hatte glatte kinnlange Haare - samten schwarz - trug eine ebenso dunkle enganliegende Hose und anstatt eines Hemds oder Pullovers ein hellblaues Spaghettiträger-Kleidchen, das eine Hand breit über den Knien aufhörte, sowie eine wiederum dunkle Strickjacke. Ihre Füße steckten in modischen Schuhen. Sie kam zwar nicht auf mich zu, so, wie sich ein Komet der Erde nähert, aufregend leuchtend und weithin sichtbar, aber sympathisch und attraktiv fand ich sie allemal. Die Handtasche, die an ihrer linken Schulter baumelte, schlenkerte derart beschwingt und gute Laune verheißend, dass sich sie anzusprechen einfach lohnen musste. Ich wartete, bis sie nur noch ein paar Schritte von mir entfernt war und streckte ihr meine freundlichste Hand entgegen.

Ich sagte: "Hallo, Entschuldigung!", weiter kam ich nicht.

Sie zog einen weiten Bogen um mich, und, als ich ihr hinterherging, fühlte sie sich bedrängt und verwandelte sich in ein Donnerwetter: "Lass mich in Ruhe", war sie ganz aufgebracht, „oder ich hol die Polizei!"

Schlechtwetter Misstrauen und steinigerboden Angst machten die Ernte der Wahrheit zunichte. Und das obwohl ich mich mit meinem ganzen Wesen bemühte, den Anschein von jemandem zu sähen, der nicht vorsichtig sein muss, mit wem er es zu tun hat!

Damit hatte ich nicht gerechnet. Sie, die Unbekannte, war nur eine von all den Millionen und Milliarden. Jene Verschlossenheit wirkte auf mich wie ein Sandsack, der mich von meiner Wolke herunterzog. Ich versuchte es wieder und wieder und es führte zum immer gleichen entmutigenden Ergebnis: Unverständnis, Abwehr, verschlossene Ohren und Augen. Fast schien es, als hätten sie Angst vor mir, und wenn sie gedacht haben, mit dem stimmt etwas nicht, dann lagen sie gar nicht so falsch.

Versteinert stand ich da und ließ mich anrempeln, teilnahmslos wie ein Fels in der Brandung, alle alle kamen sie mir entgegen, absolut niemand teilte meine persönliche Richtung!

Dann setzte ich mich zurück auf die Bank und rauchte meine letzte entgeisterte Zigarette.

Die Nullmänner müssen sich der verfahrenen Situation, in der ich mich befinde, vollkommen bewusst sein, zischelte es in mir, wahrscheinlich bin ich schon Gegenstand der geschmacklosesten Witze. Ich stehe hier auf verlorenem Posten in einem verlorenen Kampf gegen Feinde wie du und ich. Und dabei habe ich euch etwas wichtiges zu sagen, begreift ihr denn nicht?

Das Herandrängen der Zeit!

Unwillkürlich dachte ich an die, die mit sich selbst reden, die murmeln, schreien, fluchen, stöhnen, die sich selbst Geschichten erzählen, als hörte ihnen jemand zu, Hüllen der Verzweiflung, in Lumpen gekleidet mit blau geschlagenen Gesichtern: die durch die Straßen schlurfen wie in Ketten, die in Toreingängen schlafen, wie Betrunkene durch den Verkehr taumeln und auf Gehsteigen zusammenbrechen. Sie scheinen überall zu sein, sooft man sich nach ihnen umsieht. Manche verhungern, andere erfrieren, wieder andere werden geschlagen oder verbrannt oder gefoltert. Es ist jetzt wirklich an der Zeit, Pandora zu finden, dachte ich mir.

Da war wieder diese verborgene Sehnsucht, von der ich nie genau sagen konnte, worauf sie sich im Grunde bezog. Ich fühlte mich meiner Kräfte beraubt und matt, aber gleichzeitig unsagbar aufgewühlt und auf vollen Touren. Das ist das Gefährlichste: wenn man todmüde ist und dennoch nicht abschalten kann. Obendrein hatte ich Hunger bekommen und wusste nicht mehr weiter. Früher Abend, der Tag zehrte an mir. Ein Ziehen in den Gelenken, sowas wie Zugzwang, gegen den man nichts tun kann. In mir rumorte die Stadt, und ich konnte nicht anders, als an sie zu denken:

Sie lässt zwar nicht jeden in sich hinein, aber es ist auch noch nie jemand, der einmal in ihr drinnen war, wieder herausgekommen. Sie ist ein nuttiges Biest, das die Beine spreizt, doch wenn du dich ihrem Geheimnis näherst, dann drückt sie die Schenkel zusammen und zerquetscht dich. Sie frisst dich auf mit einer gezähnten Vagina, der verführerischen Stadt kann niemand entwischen. Sie atmet, isst, arbeitet und scheißt wie ein Mensch. Sie brodelt sogar und kocht genauso über wie wir Menschen. Sie kennt deine intimsten Sorgen und Nöte, aber sie leidet nicht mit dir: Die Stadt lacht dich aus!

Meine Beine zuckten nach oben und nach unten in den Boden wie eine Bohrmaschine, und meine Finger spielten ein hastiges nervöses Spiel miteinander, ganz automatisiert.

Kannst Du mich immer tiefer fallen sehen in diesen offenen Stunden, Pandora? Sie stand in der Mitte von dem Kreis, um den sich die Gesamtheit meiner Gefühle und Hoffnungen drehte. Kurz ließ ich meine Augen zufallen und sah sie plötzlich direkt vor mir. Auf einem großen freien Platz vor einem Dom tanzte sie. Sie tanzte sosehr, dass sie die schlendernden Touristen und unverblümten Einheimischen gar nicht mehr beachtete, sie tanzte, als würde niemand zusehen. Ich war schamlos erregt. Die Umgebung das Gebäude die Stelle kannte ich doch, der Ort, den müsste ich finden!

Im Nachhinein kann ich nicht sagen, wie ich genau dorthin gelangt bin, so schnell war ich aufgesprungen und auf den Weg gemacht. Ich weiß nur noch, dass ich mich nicht mehr unter Kontrolle hatte und bei jedem einzelnen federnden Schritt Worte ausstieß wie: Ich bin fast da, Pandora, alles wird gut, Pandora, jetzt, jetzt!

Ich stürzte auf den Platz wie in eine geschlossene Gesellschaft und löste einen Tumult aus, den ein Mann verursacht, der völlig außer sich wie ein Marathonläufer herangerannt kommt ohne Rücksicht auf das, was sich vor ihm auf seinem Weg auftürmt, sich selbst anfeuernd, indem er sich ständig verrückte Dinge zuruft; mit seinem wilden stürmischen Blick, dem stampfenden Brustkorb, den auseinandergeflogenen Haaren und dem Schweiß und der Entschlossenheit. Die Menschen drängten sich beschützerisch aneinander, Väter und Mütter schoben ihre Kinder beiseite. Ein Taubenschwarm schreckte hoch. Alles verblasste im Angesicht des Ziels. Sie tanzte unverdrossen weiter und weiter, ihr Gesicht ein glückliches Lächeln, frei, ja, das ist Freiheit, dachte ich mir, das ist es! Wie unbeschwert, wie leicht! Wie ihre Füße dahinglitten ohne ein Geräusch zu machen, faszinierend, wie ihre Zehen den Untergrund berührten und wieder losließen. Da hatte ich schon gar nicht mehr gerade gehen können, war über Umwege gestolpert, und dann dieses Licht verbreitende Wirbelfeuer. Ein Geschenk. Für jeden, der es annehmen will: du müsstest dein feinsinnigstes Empfinden öffnen, um die Klänge wahrzunehmen, die das ganz besondere Musikstück ausmachen, dessen zauberkräftige Melodik und Takt Pandora durchatmete und emporhob mit starken Armen. Es war das Lied, das niemand hören kann außer dem Tänzer.

Ich war hingerissen und wurde erfasst. Jede ihrer Bewegungen verlief übernatürlich flüssig und engelhaft. Eine Geste der Schönheit, die sich von der Freude ernährt, so ungewöhnlich, das ich es nicht mehr begreifen konnte, nur noch erleben. Es vereinnahmte mich und wurde ein Teil von mir. In meinem Sinn war nichts mehr außer: die Erfüllung, die Rettung, das, was ich mir immer gewünscht hatte, und ich bemerkte weder, wie die Schaulustigen mehr geworden waren, noch den Durchgang, den sie gebildet hatten, auf dem sich jetzt einige Uniformierte ihren Weg in unsere Richtung bahnten.

Genauso wenig schien mir etwas an der Kleidung verdächtig, die Pandora trug und so überhaupt nicht die selbe war wie in meinem Traum. Ich konnte sie nur noch anstarren. Erfasst vom magnetisierenden Diamanten des reinen ursprünglichen Universums war ich überzeugt, dass es sich um Pandora handelte. Mit Seilen hatte sie auf dem Boden eine Fläche wie für einen gewöhnlichen Straßenkünstler ausgelegt, auf der sie sich bewegte. Sie war soweit hineingelangt in eine eigene Welt, während sie sich drehte und ein Bein vor das andere setzte und ihre Hände in die Luft warf, ganz weit hinauf in den Himmel zu den Wolken und der Sonne und den Sternen, im passenden Moment verharrend wie die Statue einer Heiligen, so dass sie mich noch immer nicht entdeckt hatte. Zitternd machte ich auf mich aufmerksam und nannte sie beim Namen, drei, viermal stieß ich ihn aus vor ihre Füße, aber sie nahm von mir keine Notiz. Pandora, wir dürfen keine

Zeit verlieren! Ich konnte mich nicht mehr an mich halten und stolperte aufbrausend um das Seilrechteck herum, versuchte mit Gewalt Kontakt aufzunehmen. Aber da war wieder das Glas. Die unsichtbare Mauer, die alles auftrennt und zersplittert und uns die Nähe zu uns selbst und zu den anderen entzieht; die Mauer, die uns daran hindert, uns wirklich zu berühren im Hier und Jetzt, die Mauer aus Glas, auf der sich dein eigenes dämlich grinsendes Gesicht widerspiegelt. Kannte ich sie nicht zur Genüge? Zerbrich das Glas!, dachte ich mir, zerbrich das Glas! — Jetzt! —

Je mehr wir uns annäherten, desto unruhiger wurden die uns umgebenden Menschen, wie Tiere vor einem heraufziehenden Unwetter, und ich benahm mich, als gäbe es keine unsichtbaren Dinge mehr.

Vergessen war die fürchterlich notwendige Vorsicht gegenüber Allem und Jedem. Ich stand am Rande der Galaxis der Tanzenden und wagte meinen ersten Schritt, doch kaum war ich auf der anderen Seite, da packten mich widerliche Hände und rissen mich zurück, ich schrie und schlug um mich und versuchte mich loszumachen von diesen mir ins Fleisch schneidenden Fesseln, Pandora! Wir müssen fliehen, hörst Du nicht, schau nur einmal zu mir herüber und zwinkere mir zu, wenn du mich verstehst, bitte tanze nicht unerreichbar weiter, sobald wir uns haben, ist der Spuk vorbei! Pandora, ich bin im Begriff, überrumpelt zu werden.

Klobige Männer, die auf ihren grauen Uniformen exotische Abzeichen trugen, standen plötzlich wie aus dem Nichts aufgetaucht da und umzingelten mich, wahrscheinlich waren sie ohnehin immer hier gewesen und hatten mich beobachtet, oder jemand hatte sie verständigt. Ein Handgemenge. Ein Kampf auf verlorenem Posten, bei dem mir keiner zu helfen wagte.

Einsatzfahrzeuge preschten heran mit quietschenden Reifen, Sirenen heulten auf, chaotisches durcheinander Laufen und Rufen und Stürzen machte sich breit, ein riesiges Auseinander- und Draufeinschlagen, Entgleiten und Auswachsen, Lärm, Getöse, Panik. Dann drehte Pandora sich endlich erstaunt zu mir um und ich erschrak wie niemals zuvor, denn ich fühlte mich endgültig und unwiderruflich verloren: alles an ihr schien auszudrücken, das sie noch nie etwas von mir gehört oder gesehen hatte. Offenbar erkannte sie mich nicht. Hatte keine Ahnung von mir. Ihr Gesicht war ganz fahl geworden, weil das, aus dem ich sie gerade herausriss, auf einmal in weite Ferne rückte.

Ich war so vor den Kopf gestoßen, dass ich keinen Widerstand mehr leistete. Man legte mir die Arme in Handschellen, stopfte mir einen nassen, säuerlich schmeckenden Stoffballen in den Mund und stülpte mir einen dunklen Sack über den Kopf bis hinunter zum Halsansatz. Jeweils einer quetschte mir seinen Griff in die Seite. Dann führten sie mich ab quer durch die Menge zu einem Kleinbus, bugsierten mich hinten auf die verdreckte Laderaumfläche, metallisch kalt, und knallten die Türen zu. Sie gaben keine Erklärung. Niemand redete mich an. Es war vorbei.

Ich gab mich auf, steckte in Atemnot, und vor allem konnte ich mir Pandoras Verhalten nicht erklären, fühlte mich verraten und verkauft. Aber gleichzeitig fiel eine große Last von mir ab. Mit verbundenen Augen begann ich zu sehen, und unter der Maske machte ich ein friedvolles Gesicht. Der Bus, mit dem sie mich zu ihrem Unterschlupf transportierten, beschleunigte und bremste ab, holperte über unebene Stellen, bog ein und preschte davon. Lange kurvten wir durch unbekannte Gegend. Schließlich hielt der Wagen an und ich spürte, nachdem sie mir grob verständlich machten, das es an der Zeit war, auszusteigen, unter mir den ungewohnt nachgiebigen Druck von Gras, allem Anschein nach hatten wir die Stadt verlassen. Eine Stimme sagte, das ist genau das Richtige für ihn, und eine andere meinte, rein in das Loch mit ihm. Mehrere lachten lauthals, aber auf seltsame Art und Weise bekam ich es nicht mit der Angst zu tun. Ich wehrte mich auch nicht mehr. In meinen Ohren breiteten sich die Geräusche aus, die der Wind macht, wenn er in die Bäume fährt.

Jemand sperrte eine Tür auf, sie knarrte und jammerte in ihren Angeln, dann hörte ich das Klapp-Klapp von Schuhen in einem Gang, keine Ahnung, wie viele es waren, aber ich versuchte die Anzahl unserer Schritte mitzuzählen: ungefähr zwölf nach vorne, drei nach links und ca. weitere unendlich viel erscheinende zwanzig geradeaus, bis wir stehen blieben, sie mich wiederum nach links drehten, meine Handschellen lösten und mich in einen Raum hineinstießen wie in ein stinkendes feuchtes Verlies. Die Tür warfen sie mit einem Schmettern zu. Ihre Schritte und Stimmen entfernten sich. Mein eigener krächzender Atem war laut wie eine Baustelle. Ich befreite mich von dem über meinen Kopf Gestülptem, die Umgebung war relativ hell, aber ich konnte keinerlei Dinge voneinander unterscheiden, mussten sich doch meine Augen erst an das Licht gewöhnen. Obendrein fingen sie an, sich mit Tränen zu füllen. Zum Ende, das vor jedem Neubeginn steht, gehören die Schmerzen wie der Regen zu den Blumen, ohne den sie nicht wachsen können.

Die ganze Zeit war dieser Schmerz meine Antriebsfeder gewesen, doch irgendwann hat man von allem genug. Der Mut hatte mich verlassen. Niemand wusste, wo ich mich befand, nicht einmal ich selber. Mein sehnlichster Wunsch war endlich aufzuhören.
Doch gerade als ich mich anschickte, alles einfach hinzunehmen, was kommen mochte, geschah es, dass ich mich noch einmal aufrichtete. Die Nullmänner kamen zurück. Leise hörte ich ihr Fuß-Stapfen und machte blitzschnell, ohne darüber nachzudenken, was ich tat, einer instinktiven Eingebung folgend das Richtige. Der tief in jeder Brust schlummernde Teil von mir, der bis zum Schluss nicht

aufhören will zu kämpfen, regte sich. Alles passierte schnell! Der Marsch der Nullmänner, das Büchlein steckte noch immer unversehrt in meiner Tasche, gemeinsam mit Pandoras Botschaften, und eine Ahnung erschlich mich, die mir den Befehl gab, alles daranzusetzen, das Material, in dessen Besitz ich nun einmal war, mit meiner ganzen übriggebliebenen Kraft zu verteidigen. Nichts war es im Grunde wert im Vergleich zu dem, was auf dem Spiel stand. Wie ausgewechselt rappelte ich mich hoch und war heldenhaft. Dann überblickte ich den Raum so gut es ging: die Wände waren dunkelfleckig wie die Haut von alten Menschen, alles war nackt und kahl und bar jeder Einrichtung, wenigstens stand in der einen Ecke ein hergerichtetes Bett, sonst aber nichts, kein Tisch und keine Stühle oder sonst irgendwas, ja, ein faustgroßes Loch im Plafond, durch das man einen Fetzen des trübe gewordenen Himmels sehen konnte, und eine kleine von einer gelblichen Schmiere überzogene Lampe an der dem Eingang gegenüberliegenden Wand. In diesem Kerker soll es nicht enden, sagte ich laut, schob die losen Zettel von Pandora in das Notizbuch und versteckte beides im Kopfpolsterüberzug, den ich noch schnell umdrehte und unverdächtig machte. Dann ließ ich mich auf den Boden fallen, als hätte ich mich gar nie von der Stelle gerührt. Im selben Moment öffnete sich die Tür.

Zwei Personen traten ein.

Sie stiegen über mich hinweg und pflanzten sich vor mir auf. Mein Herz schlug wie in Lebensgefahr, aber meine Darbietung des Ohnmächtigen war gelungen. Einer kickte mir leicht in die Hüfte, wie um zu überprüfen, ob überhaupt noch Leben in mir war, und ich bemühte mich schlaff zu sein wie ein Toter. Ein paar Sekunden verstrichen, von denen ich nicht weiß, was sich in ihnen zugetragen hat, neben dem Orkan der Angst, der in mir blitzte und donnerte, wohl nur noch das verächtlich-überraschte Mienenspiel, dass die Nullmänner von oben herab gemacht haben müssen, dann beugten sie sich zu mir herunter und durchsuchten mich. Zuerst grabschten sie meinen Körper unachtsam ab wie Sicherheitsverantwortliche vor einem Konzert, denen egal ist, ob der Künstler auf seiner Bühne ermordet wird oder nicht, doch dann, als ich schon dachte, ich hätte es überstanden, zeigten sie Die-ihnen-entsprach-Seite, roh und primitiv. Sie gaben mir unmissverständlich zu verstehen, ich wäre ein Stück Dreck, weil sie nichts finden hatten können, das mich verdächtig machte. Enttäuscht hievten sie mich auf das Bett und redeten, als wäre ich nicht einmal in der Lage, einen wirklich Schuldigen abzugeben. Menschlich menschenunwürdig, das waren sie. Nach außen hin verhielt ich mich klein und schwach, aber in meinem Inneren wuchs ich bereits über mich hinaus, in mir brodelte und dampfte und wartete es auf die passende Gelegenheit. Kanten von meinem Kissengeheimnis drückten sich mir in den Hinterkopf. Wenn sich die Nullmänner vom Leid und den Schmerzen in der Welt ernähren, dann haben sie sich an mir sattgefressen. Den Rest, der von mir übrig blieb, ließen sie einfach liegen für die ausgehungerte Nacht, die ihren Teil schon übernehmen würde, so wie sich Aasgeier auf den Kadaver eines verendeten Tieres stürzen.

Wie in festgezurrten Fesseln lag ich auf der Matratze und konnte mich nicht bewegen, nicht schreien, nicht um mich blicken; nur denken. Die Nacht kam mir näher und näher, trieb mich in die Enge und fiel über mich her, machte einen dicken Lippenstift-Schmollmund, fuhr mir mit ihrer nassen heißlodernden Zunge über das Gesicht, die Wangen, das Kinn, über den Hals zur Brust, hinunter, hinunter! Ich zittere, falle, werde schwerelos, lasse mich weit in das Offene der Nacht hinaustreiben, bin aufgeregt, in immer stärkeren Schüben kommt sie über mich, wie Stromschläge, die Nacht ist der innerste Kern der Spirale der Dunkelheit, wo alles farblos ist, und niemand kann den fortgelaufenen Tag ersetzen. — Da! Die Nacht versucht von mir Besitz zu ergreifen, sie ist durchschaut! Ich verteidige mich mit Händen und Füßen und Zähnen, aus meinen Fingernägeln werden Krallen, aber es ist zwecklos, gegen die Nacht habe ich keine Chance — — — jetzt stülpt sie sich über meinen Körper, verschlingt mich bei lebendigem Leib! Wie Äther dringt sie in alle Öffnungen, presst mir gewaltsam die Lippen auseinander und spritzt in meinen Mund, ich verschlucke mich an der Nacht, bekomme kein Licht zum atmen! — — — — — — Schwarz, ich verfärbe mich schwarz. Die ersten Anzeichen einer alles betreffenden Umordnung, so wie Gegenstände verkohlen, bevor sie in einem Feuer von einer Erscheinungsform zur nächsten wechseln. — — — — — — — — Ich zergliedere, versuche, mich zusammenzuhalten, aber „jetzt" ist nicht mehr gerade eben, auch wenn es so aussieht, da kann man nichts machen, Art Noize, Du bist eine Erfindung, genauso wie jedes/jeder Andere auch, das einzige, was es gibt, ist das Leben, und das Leben kennt keine Statik, es möchte nichts anderes, als sich ausbreiten, aber niemals bewegt es sich rückwärts, es sei denn, das ist die Richtung, in der es nach vorne geht; ausschließlich alles, was existiert, ist auf dem Weg irgendwohin, jetzt jetzt jetzt; Vergangenheit und Zukunft sind wie eine an das Bein gebundene Kanonenkugel, wundscheuernde Hemmschuhe auf dem Weg, von denen man Blasen und Druck-

stellen bekommt, Schmerzen, die einen dazu verführen, anzuhalten: gib Deine persönliche fortlaufende Gangart nicht auf! — — — — — — — Schmeiß endlich den Schlüssel weg zu allem, was bisher gewesen ist, schmeiß ihn weg! Es ist noch nicht zu spät, um genau das wieder zu finden, was Du vor langer Zeit verloren hast, genaugenommen kann es gar nie zu spät sein, denn alles, was du tun musst, ist diesen verdammten Schlüssel wegzuschmeißen: armer verwirrter Suchender, wonach Du Dich sehnst, liegt direkt hier vor Deiner Nase. — — Lasse nichts zwischen das Leben und dem Erleben kommen, lass alles los, sonst zerreißt es Dich. Die Wenigsten sind vollständig, ich weiß, die Wenigsten, Pandora, wo bist du?, wo-bist-Du?! — — — verzeih mir, dass ich dich jemals da draußen suchte.... aber Realität, pah! —
Da ist ja noch der Begriff „Liebe" exakter!

Also gut, ich stelle mich meinen Dämonen und versuche, sie zu überwinden um ganz Ich-Selbst zu sein, in meinem Kopf sind wieder diese Stimmen, die immer alles kommentieren und mich verunsichern und zurechtweisen, ich bin gezwungen, festzustellen, dass es nicht mehr nur eine oder zwei sind, die auf mich einreden, so wie nichts niemals nur gut oder nur schlecht sein kann, nein, es sind hunderte, wenn nicht tausende verschiedene Einflüsterungen aus allen Ecken und Enden, jede einzelne redet auf mich ein in einem gewaltigen kriegerischen Kauderwelsch, und ich kann und kann mich nicht entscheiden, fühle mich dem nicht gewachsen, möchte schreien, aber es geht nicht, kein Ton kommt heraus, viel zu beschäftigt die in Flammen stehende Seele, als dass sie sich um Physisches; vor meinem inneren Auge geschehen Dinge, für die es keine Worte gibt kein Ausmaß keine Schublade, ungeheuerlich und phantastisch zugleich, da kann keine Beschreibung zutreffend sein, ich meine, nicht ganz, es leuchtet ist übernatürlich, alles verschwimmt fließt ineinander, die Grenzen lösen sich auf, das Glas, ich glaube, das Glas zerbricht! — — — — — — — — Ich schlage die Augen auf, durchlebe eine Veränderung! Ein Gefühl, wie wenn der Kerker, in dem ich mich befinde, in meinem Kopf und nicht etwas außerhalb von mir Getrenntes wäre, festes Material wie ich selbst, das Bett oder die kleine schmutzige Lampe scheinen eine zusätzliche Eigenschaft der Elastizität bekommen zu haben, als ob das ihr natürlicher Zustand wäre, die vier Wände wölben sich in den Raum und pulsieren im Rhythmus meines aufgebrachten Herzens. Alles pulsiert und zieht sich zusammen, Umrisse geraten in Bewegung, bis sie sich buchstäblich auflösen. Als würde ich zwischen den Molekülen hindurchsehen, Jedes und Jeder verschmilzt miteinander, hintereinanderliegende Ebenen werden zu einem einzigen großen Meer. Etwas, das eine große Energie besitzt, aber keine Form annimmt, sondern sich einfach anfühlt wie eine unbeschreibliche Kraft. Das Meer. Anfangs habe ich Angst davor, zu ertrinken, aber dann halte ich mich nicht mehr zurück und werde für einen tieftauchenden Moment ein Teil dieses Ozeans, der den ganzen Planeten bedeckt. Ruhe. Wellenschübe durchdringender wunderbarer Ruhe breiten sich aus. Eine außergewöhnliche Freude, die nichts mit alltäglicher konventioneller Freude zu tun hat, steigt in mir hoch.

Wenn da nicht die Sehnsucht bliebe, diese ungefilterten Erfahrungen mit jemandem zu teilen. Schade, dass niemand hier ist, der nachher bestätigen könnte: diese Welt, die er für sich neu entdeckt hat, ist gar nicht so schlecht, ganz im Gegenteil, unvergleichlich sind schon die einzelnen Bausteine, aus denen sich das kräftig in allen Farben leuchtende Mosaik des Lebens zusammensetzt, wie überwältigend muss da erst die Schönheit sein, die sich demjenigen zeigt, der Augen hat für das ganze Bild?

Minuten verstreichen mit Nicht-Aktivität. Ausgefüllt durch das Gefühl, einfach da zu sein in einem neuen Raum in einer neuen Zeit. Ich genieße es, bin wie ein wiedergefundenes verlorenes Teilchen, dass endlich seinen Platz einnimmt. Wogen des Übermuts und der Heiterkeit erfassen mich, die Nullmänner, auf seltsame Art und Weise bin ich ihnen dafür dankbar, dass sie mich an meine Grenzen brachten, an meine Grenzen und darüber hinaus.

Mit der Hand ziehe ich in die Höhle des Kopfkissens und hole mein Geheimnis heraus, ein schwarzes Notizbuch mit eigenartigen Aufzeichnungen kommt zum Vorschein. Ich blicke es an wie einen Geist. Dann schüttle ich den Kopf und überlege nicht lange, als ich mir von hinten einige leere Blätter rausreiße. Den Zetteln kann ich mich anvertrauen wie einem Freund, der nicht da ist. Die Worte krachen mit zweihundert Km/h von oben durch den Plafond in meine Hand und dann auf das Papier, ehe ich überhaupt weiß, was sie zu bedeuten haben. Ich gerate in den unheimlichen Sog der Wörter, lasse es fließen, schreibe alles auf, was aufzuschreiben ist. Alles oder nichts. Schreibe wild, zügellos. Der Text wird fertig in einer einzigen ekstatischen Nacht. Draußen treibt bereits das Kanu der Dämmerung in den Hafen eines glitzernden Morgens. Ich rüste mich für den Tag, ackere Seite für Seite ein letztes Mal durch, füge hier eine Ergänzung ein und nehme dort eine Korrektur vor. Wenn ich sie mir durchlese, jetzt, da die Worte heraußen sind, scheint alles gut zu sein.

„Die einzige Spur hinaus aus Jedermanns-Käfig ins wirkliche Leben zieht über das Schlachtfeld unserer Träume: Auge in Auge stehen sich Phantasie und Wirklichkeit gegenüber, beide haben sie die Klinge ihrer Wahrheit gezogen! —Doch gehe gelassen genau in der Mitte hindurch, und dir kann nichts geschehen."

Sagen wir ´mal so: ich hatte plötzlich die Kraft, gegen meine Mauern anzurennen, jetzt sind sie zerstört und der weite offene Raum hat meine Ängste verschluckt. Alle Fragen beantworteten sich von selbst, ohne Umschweife, als ich mich ihnen stellte, alle, bis auf die eine:

Was, beim Himmel, tue ich hier eigentlich?!

Vielleicht gehe ich ja in der Mitte, aber sollte ich nicht auch irgendwo ankommen? — — — — — — — — — —

— — — Was ist das schon für eine Freiheit, die sich auf ein paar Quadratmeter einer Gefängniszelle beschränkt? Es ist die lächerliche Freiheit, die Illusion des zwanzigsten Jahrhunderts, die abhängig von Umständen ist. Die dich verhungern lässt, wenn niemand das Essen zu dir hereinschiebt. Die Freiheit, die genauso ist wie Einsamkeit inmitten einer Gruppe von Menschen. — — — — — — — —

Also raus hier, raus! Der Kerker, in dem ich mich noch immer befinde, plustert sich plötzlich mit der ganzen unübersehbaren Realität, die in ihm steckt, direkt vor mir auf, und die Stimmung rutscht mir davon, springt um, ohne dass ich etwas dagegen tun kann, in eine andere Tonart, wie wenn man den Lautstärkeregler zurückdreht und wahrnehmen muss, was die Ohren nicht mehr hören können, dieses bedrückende unterschwellige Knistern. Ich fühle mich wie ein Knallkörper, der kurz vor der Explosion steht, und erkenne mein geradezu erschreckendes Maß an Naivität: Bin ich etwa auf der Flucht vor der schlechten Seite in den Hinterhalt der Guten gelangt?

Nun, ganz egal, welchen Preis ich dafür auch zu zahlen habe. Zwar habe ich Angst davor, aber es wird mir nichts anderes übrigbleiben, als mich in das Leben zu integrieren, das ohne Anfang und Ende ist. Nach Hause, raus hier, hinaus! — — — — — — — — — — — — Panisch stelle ich mich auf das Bett und versuche mich durch die Öffnung im Plafond hindurchzuzwängen. Erstaunt stelle ich fest: ich bin nicht der erste, ein Gefangener-im-selben-Käfig hat sich an genau der gleichen Stelle in millimeterkleiner Schrift verewigt, und als ich es lese, wird mir schlecht. Was ich sehe, ist das heutige Datum.

Ich kämpfe gegen den aufdringlichen Chor von Zweifeln an, unterdrücke die Vorstellung, dass schon ganz Andere, von vielleicht zäherem Gemüt und konzentrierterer Willenskraft gescheitert sind. Mechanisch, einem inneren Gebot folgend, dem ich mich nicht entziehen kann und das ich nicht einmal verstehe, bewege ich mich zur Tür und. Als ich sehe, wie sie sich ganz leicht öffnet - zuerst nur einen Spaltbreit, dann, etwas zaghaft, wagt sie sich soweit vor, bis die Klinke ungebremst an der äußeren Seite der Wand anstößt - kann ich es im ersten Moment gar nicht glauben. Wie lange man braucht, bis man bemerkt, dass der Kerker, in dem man sein Dasein fristet, im Grunde unverschlossen ist! Natürlich, wenn das eine Falle ist, dann heißt es aufzupassen. Ich fühle mich wie ein Bergsteiger, der nach wochenlangem Ringen endlich auf dem Gipfel steht, aber gleich wieder weiter muss, weil ein gefährliches Unwetter naht. Vor Aufregung bebt mein Brustkorb, und ich schwitze Angst und Hoffnung zugleich. Kalt, noch ist mir kalt. Direkt vor mir ist eine Mauer, links und rechts ist kein Ende des finsteren Ganges abzusehen. Gut, dass ich die Schritte mitgezählt habe, auch mit der Richtung dürfte es keine Schwierigkeiten geben, nur nicht ent-

entdeckt werden, nur nicht entdeckt werden, das ist alles, keine Spuren hinterlassen!

Eine Zeitlang stehe ich an der Schwelle, fast genieße ich es, und höre angestrengt hinaus, doch nichts regt sich, kein einziges Geräusch, das auffällt, nur Stille. Ich hole ein paar Mal tief Luft. Dann denke ich mir, es gibt ohnehin keine andere Möglichkeit, und betrete den Weg, tappe langsam einen Fuß vor den anderen setzend einige Meter wie ein Blinder. Die Lautlosigkeit, die mich umgibt, kommt mir unreal intensiv vor, als stünde die Luft unter elektrischer Spannung. Das bringt mich dazu, nervös und zitterig, einen folgenschweren Fehler zu begehen, wenn auch in aller Unschuld: Ich greife nach meinem Feuerzeug und lasse es aufblitzen, so dass sich mir schlagartig ein flackerndes Bild des Schreckens bietet: nebeneinander, Tür an Tür eine endlose Reihe elender Gefängniszellen, die Atmosphäre ist schaurig, grau und dreckig, unmittelbar neben mir strecken sich zwei knochendürre gespenstische Arme zwischen dem Gitter eines kleinen Guckfensters nach mir aus, begleitet von einem entmenschlichten Gezeter, in das ohrenzerreißend eine Kreatur nach der anderen mit einstimmt. Die Entfernungen, aus denen die Mitglieder dieses Orchesters, dessen Dirigent der Tod ist, intonieren, machen die Vermutung schlüssig, das es sich um ein weit verzweigtes Labyrinth von Kerkerzellen handelt. Ich lasse das Feuerzeug fallen wie ein Stück glühende Kohle. Als nächstes schießt mir in den Sinn: bei dem Lärm sind mit Sicherheit in der nächsten Sekunde die Wachen, soll ich etwa zurück in die Zelle, bevor es zu spät ist?! — — — — — — Aber nein, das käme einer vollständigen Mich-selbst-Aufgabe gleich, da ist es mir lieber... also weiter! — — — — — — Ich beginne zu laufen, wie ich noch nie gelaufen bin, halte mir die Ohren zu, als könnte ich das entsetzliche Getöse einfach ausschalten, mitten hinein in die Dunkelheit, ohne zu überlegen, ob ich irgendwo dagegenknalle oder über etwas stolpere.

Das grausam-traurige Rütteln und Scheppern der Eisentüren in ihren rostigen Angeln, die Verlorenen sind hilflos wie eingepferchtes Vieh, ihr Geschrei pflanzt sich in meinem Inneren fort, setzt sich fest und lässt mich nicht mehr los, wo ist der Ausweg, wo?! — — — — — — — — — Bin die erste Gerade entlanggestürzt, biege um die Ecke, und plötzlich teilt sich der Gang wie eine gespaltene Zunge, aber keine Zeit, die Angst hockt auf meiner Schulter, verbeißt sich in meinem Nacken, ich nehme den linken, ohne zu wissen, warum; heftiges Seitenstechen, jeder Atemzug versetzt mir einen bösen Schlag in die Lunge. Es ist feucht und stickig, überaus düster. Jetzt nur nicht die Nerven wegschmeißen, lass es nicht zu, dass du deinen Verstand verlierst, rede ich auf mich ein, aber mit Gewalt kann ich mich auch nicht beruhigen! Gerade eben, war da nicht eine flüsternde Stimme, ein Knacken, das Geräusch von Schritten?! —Eine Ewigkeit scheint zu vergehen, in der ich glaube, ich bin endgültig und unwiderruflich verloren, das ständige Gefühl der Gegenwart von etwas, das ich nicht sehe, aber das trotzdem da ist, und dennoch: weit und breit sind keine Verfolger. Vermutlich können sich nicht ´mal die denken, wo ich bin.

Irgendwann gelange ich in einen Raum, der nicht dunkel ist, wofür eine Neonröhre sorgt, die geisterhaft flackert. Ein Unterschlupf. Haufenweise liegt Kleidung herum, gewissenhaft sortierte einzelne Stöße von Schuhen, Hosen, Pullovern, Jacken, T-Shirts... in Regalen befinden sich stapelweise Uhren, Schmuck, Geldbörsen, Taschen... weiter hinten, ein Beutel mit Zahnplomben! Ein Ameisenstaat kriecht meinen Nacken hinab. Und der Gestank, es riecht nach ranzigem Käse. Spinnweben hängen von der Decke, als gehörten sie zur Einrichtung. Sobald ich einen Gegenstand aufhebe, scheuche ich Käfer und Larven aus ihrem Versteck. Alles ist schimmlig und dreckig. Auf einem Tisch liegen Akten und Register und Namensverzeichnisse, wild durcheinander. Ich verschnaufe, schöpfe Atem und huste laut los, wegen dem Staub. Grauenvoll ist das, in was ich hineingestolpert bin! Mein Blick wandert umher und fällt plötzlich auf eine Stelle, die ihn festhält: hinter aufgeschichteten Kisten, ein kleiner Lichtfleck, der sichtbare Teil eines Fensters!

Ich arbeite das Gerümpel beiseite und sehe hinaus!

Sofort drücke ich und ziehe und strenge mich an, aber ich kann die Fensterflügel nicht bewegen. Das unheimliche Wehklagen dringt von hinten in unverminderter Lautstärke zu mir durch, also bleibt es trotz allem nur eine Frage der Zeit, bis ich von den Wachen aufgestöbert werde. Wahllos nehme ich ein Kleidungsstück und umwickle meine Hand, dann schlage ich zu. Die Fensterscheibe bricht in Stücke. Über mein Gesicht hüpft ein breites Grinsen. Draußen ist niemand zu sehen, die Sonne scheint herzlich. Ich gehe zurück zum Tisch, greife nach dem dicksten Verzeichnis, das ich finden kann, in dem auch Du und Du und Du drinnen stehst, und lasse es in meiner Tasche verschwinden. Auch wenn mir die Augen verbunden waren, als ich hierher gekommen bin, so weiß ich doch, dass Eingang und Ausgang nicht derselbe sind, nirgends ist eine Zufahrtsstraße, kein Schotterweg, kein Vorplatz. Die einzige Landschaft, die zu sehen ist, sind ein Hügel und vereinzelte Bäume. Ich werde mich durch unwegsames Gelände schlagen müssen, aber das ist gut, denn die

Chance, entdeckt zu werden, ist dort am geringsten. Irgendwo kläffen losgelassene Hunde. Das ist mein Startzeichen.

Als ich hinausspringe, lande ich in den Armen der Angst vor dem Ungewissen. Habe ich überhaupt eine Chance, heil davonzukommen?

Eine Hetzjagd beginnt, und ich bin das gejagte Tier.

Gewehre knallen und zerfetzen und drohen, Sirenen heulen auf, laute Löcher in der stillen Atmosphäre. Maschineriegeräusche wie im Krieg, marschierende Schritte, kalt erteilte Befehle, nervöse Suchtrupps, deren Köpfe in der Schlinge ihrer Vorgesetzten stecken, Abkommandierte, im Notfall Sich-Bewährende, ein Durcheinanderlaufen, der Ausbruch von Chaos, ein Schrei.

Ich haste den Hügel hinauf, in einen Wald, auf eine Wiese. Wenn jemand hinter einem her ist, macht man sich keine Gedanken über den Fluchtweg, man läuft einfach: jetzt bin ich in Bewegung, bis ich nicht mehr kann, aber ich glaube, ich habe es geschafft. Niemand sucht mich an der richtigen Stelle.

Die paar Beeren und Knollen, die ich unterwegs finde, reichen natürlich nicht aus, obwohl, was sind schon Hunger und Durst im Vergleich zu dem, was ich empfinde? Ich klettere auf einen Felsen, der jenes Tal überragt, das ich durchquere, vielleicht ist ja irgendwo ein Orientierungspunkt. Und tatsächlich: dort unten, ein schmaler Fluss, der eine eigenwillige grünlich-algige Färbung hat, ist es nicht derselbe, der sich in seinem Verlauf auch durch die Stadt schlängelt und windet, bevor er sich in das Meer ergießt?!

Ich lasse mich ins kniehohe Gras fallen. Wunschloses Glück, das frei ist von Haben oder Bekommen. Mit dem Gefühl fallen mir die erschöpften Augen zu.

Wie ein Schwamm saugt mein Körper das Licht in sich auf, das heilsame Licht, das alle negativen Gedanken aus mir hinausspült und mich zur unversiegbaren Quelle macht. Ohne Unterbrechung schlafe ich die restlichen Stunden des Tages und die ganze darauffolgende Nacht durch. Ich habe keine anstrengenden Träume, und wenn, dann in einer Sprache, die ich verstehe.

Alle guten Geister kommen zu mir zurück.

Am frühen Morgen bin ich ausgeruht und im Vollbesitz meiner Kräfte. Wie schön es hier ist, wie friedlich. Die Tautropfen haben meine Kleidung und meine Notizbücher durchnässt, aber was macht das schon aus.

Die Sonne klettert den steilen Himmel hinauf. Jeder Baum und jeder Strauch und jedes Tier Pflanze Stein Blume passt in das Gesamtbild. Alles ist an seinem Platz, und ich habe das Gefühl, selbst ein Teil der einen, keiner Erklärung bedürftigen Existenz zu sein. Der Fluss räkelt sich in seinem Bett, gar nicht weit von hier. Ihm werde ich folgen. Er wird mich nach Hause bringen. Mein Fluss. Ich kann mir nicht vorstellen, wie es sein wird, die Stadt von außen zu sehen, wenn sie das erste Mal am Horizont auftaucht. Es wird Veränderungen geben, denen sich niemand entziehen kann. Alle werden unmittelbar davon betroffen sein. Der Großteil von dem, was geschehen ist, war schmerzvoll, aber die daraus gezogenen Erfahrungen sind von unschätzbarem Wert: als mir diese Binsenweisheit in den Sinn kommt, muss ich laut lachen und wecke aus versehen die schlafende Frau, die neben mir liegt wie eine Außerirdische.

Pandora hebt verwundert den Kopf und lächelt mich an, als sie mich sieht, ganz schlaftrunken. In ihrem Blick ist etwas Geheimnisvolles, das ich nicht deuten kann. Er ist feinfühlig, ängstlich, aber stark und sehr sehr tiefgehend zugleich. Auf einmal spüre ich die große Verantwortung, sie zu behüten und zu beschützen wie die Tür zu der Schatzkammer, die jedes Neugeborene schon bei der Geburt in sich trägt, aber zu der die Meisten im Heranwachsen den Zugang verlieren. Ich gebe ihr die Sicherheit, dass sie nicht alleine ist, und lege meine Hand auf ihre Wange. Sie schmiegt sich an mich und schläft wieder ein. Aber wir haben ohnehin keinen Grund zur Eile. Und in den Kiefern und Espen sitzen Vögel wie Wächter.

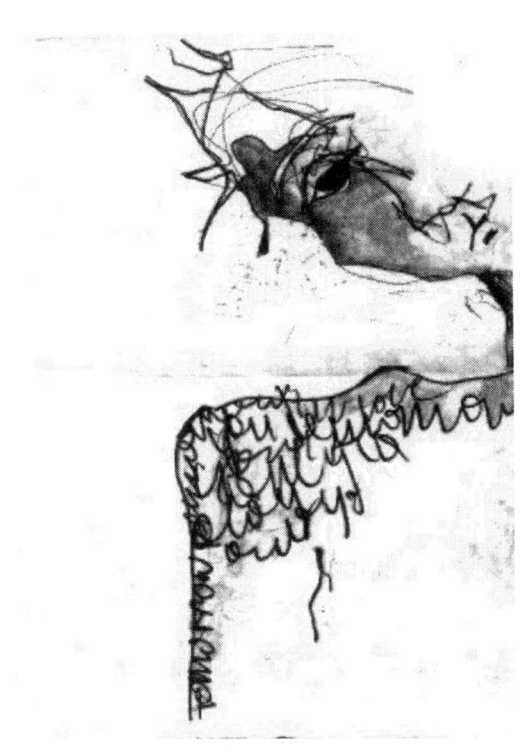

Ein Verbrechen

Das Wasser, das nur eine Handbreit vor ihm, gebündelt zu einem Fluss, von links nach rechts vorbeirann, war nicht tief genug, als dass man soweit hineinwaten hätte können, bis man den Kontakt mit dem Boden unter seinen Füßen verlieren und einfach davontreiben würde. Der etwa vierzigjährige Mann lag auf einem Flecken Sand mit den Beinen Richtung stromabwärts. Er rührte sich sosehr nicht, dass der Eindruck entstand, er läge auf der Lauer, aber in Wahrheit war er kaum in der Lage sich zu bewegen. Die durchnässte Kleidung, er trug eine braune Cordhose, feste Wanderschuhe, einen dünnen schwarzen Pullover sowie eine ebenso dunkle Daunenjacke, entsprach in ihrem heruntergekommenen und schmutzigen und löchrigen Zustand seiner gesundheitlichen Verfassung. Genau genommen war er dem Hungertod nahe und sein Körper hatte bereits begonnen, sich selbst aufzuzehren. Das von einem Bart überwucherte Gesicht war erschreckend abgemagert, einem Totenkopf ähnlich. Den wenigen, die ihn kannten, würde es schwer fallen, ihn zu identifizieren, aber da er selbst penibel darauf geachtet hatte, seinen Aufenthaltsort zu verheimlichen, wurde er ohnehin von niemandem gesucht, zumindest nicht am richtigen Ort, und es konnten Wochen wenn nicht Monate vergehen, ehe er, sein Leichnam, zufällig entdeckt werden würde von einem Jäger oder Wanderer.

Wie ein Fremdkörper befand er sich inmitten von Steinklötzen, an denen grell-grünliche Moosbüschel hafteten, zwischen großartig schön in jede beliebige Richtung gewachsenen Pflanzen und umgestürzten Baumriesen-Mikadostäbchen und herabgefallenen Ästen und Blättern und Parzellen von Schilf und Wiese; fernab des menschlichen Einflussbereichs verlief alles so wunderbar kreuz und quer, dass ihm alleine dieser Gedanke etwas Trost spendete: wenigstens nicht mehr ein Teil der von ihm verlassenen Welt zu sein, mit dem ganzen voneinander Abgeschnittenem, Parallel-Verlaufendem, sich niemals Überkreuzendem.

Nacheinander tauchten in seinem Kopf Sequenzen seines zu Ende gehenden Lebens auf, sich spiralenförmig rund um genau den Moment anordnend, an dem er zum ersten Mal jene unumkehrbare Handlung auszuführen in Betracht gezogen hatte, in deren Folge er zuletzt in diese fatale Situation geraten war.

Nur ein einziges Mal verstieß er gegen die Regeln. Daraufhin, um den verhassten Gesetzen zu entgehen, die ihn sogleich zu einem Verbrecher stempelten, hatte er jedoch alsbald die Flucht ergreifen und in den darauffolgenden Wochen die ihm seine Kräfte raubenden Tage immer weiter durchhetzen müssen, bis er völlig erschöpft nicht mehr an einen Weg, der noch weiter führt, zu glauben vermochte. An jener abgeschiedenen Stelle, die nur er kannte, hatte er sich verkriechen wollen wie ein Ungeheuer, vor dem sich jedermann fürchtet und das sich gerade infolge dieser Angst, die die anderen in seiner Gegenwart empfinden, immer mehr zurückzieht.

Während er die morastige Böschung hinabzuklettern versuchte, war er gestürzt und gestürzt und gefallen und. Irgendwie hatte er es geschafft die gröbsten Blutungen zu stoppen, aber beim besten Willen war das auch schon alles, so hatte er sich kein Essen beschaffen, geschweige denn, sich zurück auch nur in die Nähe einer rettenden Straße oder eines Pfades schleppen können.

Er hatte einen Bruch erlitten.

Einen offenen Knochenbruch.

Den Preis, den er für die von ihm begangene Tat bezahlen musste, konnte er dem Anschein nach nur mit seinem Leben abgelten. Alles war plötzlich über alle Maßen wirklich, sogar er selbst, wie er es bislang noch nicht erfahren hatte. Die vereinzelten Wolken am Himmel waren Wolken und sonst nichts, keinerlei Form eines Phantasiegebildes war erkennbar.

Wenn er darüber nachdachte, und das war seit Tagen seine unfreiwillig einzige abscheuliche Beschäftigung, konnte er nicht einmal mehr mit Sicherheit sagen, so abstrus das auch war, worin genau sein Verbrechen bestanden hatte. Was, verdammt noch mal, hatte er im Grunde schon getan, was? Vielleicht hätte er das auf Stillung drängende Verlangen, das zu dem Zeitpunkt in ihm hochgestiegen war, als er durch seine Handlung alles Gewohnte unwiderruflich veränderte, wie ein sich über Jahre hinweg aufgestauter Druck in einem Kessel, der irgendwann explodieren muss, vielleicht hätte das in ihm nicht zum Ausbruch kommen dürfen. Dennoch hatte er sich hinreißen lassen, als er nachgerade überwältigt worden war von der Aussicht darauf, wenigstens einmal er selbst zu sein.

Der Mangel elementarer Nährstoffe hatte in seinem Gehirn ein starkes chemisches Ungleichgewicht verursacht, das Schüttelkrämpfe und Halluzinationen hervorrief, noch zusätzlich verstärkt wurde durch das Gewässer mit seinem stetigen Universum-Geräusch und schließlich soweit führte, dass er sich überhaupt keiner Schuld mehr bewusst war.

Ganz im Gegenteil: der Blick seiner Augen beinhaltete jene heitere Gelassenheit eines Mönchs, der zu seinem Herrn aufsteigt, als sich die Umgebung rund um ihn und mit ihr auch er veränderte.

Am Ufer eines ungefährlich wirkenden Flusses lagerte ein Krokodil mit weit aufgerissenem Maul, das stundenlang regungslos verharrte, bevor es im passenden Moment zuschnappen würde. Es fühlte sich geschützt vor Schlägen und Tritten durch Knochenplatten unter seiner Reptilienhaut. Sogar Worte konnten da nicht durchdringen. Wozu also reden? Wozu schreien?